이웃집
105호실에
새로운 입주자가!

2년 만의 체육대회.
첫 참가팀의 실력은
어떨 것인가―!

단칸방의 침략자!? ⭐32

⭐32

글 : **타케하야**
그림 : **뽀코**
옮긴이 : **원성민**

아이카 마키

전직 다크니스 레인보우 소속
악의 마법소녀.
지금은 코타로와 마음이 통하는
사토미 기사단의 충신.

마법소녀 (포르사리아 마법왕국)

코로나장의 주민

유령 상태

니지노 유리카

사랑과 용기의
마법소녀 레인보우 유리카.
허당이지만 할 때는 하는
마법소녀로 성장.

히가시혼간 사나에

코타로에게 들러붙었던 유령 소녀.
지금은 본체로 돌아가 생기발랄.

유령 소녀

루스카니아
나이 파르돔시하

티아의 호위이자 시종.
동경하던 청기사를 모시게 돼서 대만족.

티어밀리스
그레 포르트제

청기사의 주인이자
은하황국의 공주님.
황녀의 풍격을 드러내기 시작
했지만 쉽게 발끈하는 기질은
여전하다.

알라이아 공주

클라리오서
다오라 포르트제

2천 년 전 포르트제에서
코타로와 살아남은 파트너.
황녀로서도 기술자로서도
성장 중.

나르파 라울레인

정식으로 포르트제에서 온 유학생.
코타로 일행과는 신비로운 인연이
있는 듯한데……?

우주인 (신성 포르트제 은하황국)

사쿠라바 하루미

2천 년의 시간을 뛰어넘은
알라이아 공주의 환생.
사랑하는 사람과 평범하게
살 수 있는 지금이
무척이나 소중하다.

캐릭터 세력도

카사기 시즈카
코타로의 동급생이자
코로나장의 주인.
그 몸에는 화룡제 아르나이아가 깃들어 있다.

쿠라노 키리하
추억 속 인물을 마침내 찾아낸 지저인 공주님.
명석한 두뇌를 이용해서
사랑의 밀고 당기기에서도 최강 클래스.

지저인 (대지의 백성)

사토미 코타로
코로나장 106호실의
일단은 정당한 계약자이자
주인공이며 청기사.

마츠다이라 켄지
코타로의 친구 겸 악우.
살짝 경박하지만
좋은 이해자이다.

마츠다이라 코토리
켄지의 여동생이지만
오빠와 다르게 내성적인 소녀.
신입생으로
킷쇼하루카제 고교에 입학한다.

코타로의 소꿉친구

예상치 못한 확장?!

크로나장
106호실

ROOM No.106
CORONA-SOU

나르파의 이사

4월 29일 (금)

  이날 나르파의 표정은 무척 밝았다. 그런데 원래대로라면 이건 말도 안 되는 일이었다. 왜냐하면 나르파는 이날 새로 이사를 했기 때문이다. 포르트제인 유학생용 기숙사는 도청과 도촬 문제로 인해 당분간 이용할 수 없었으므로 다른 주거지를 찾아 옮기게 되었다. 나르파는 원치 않는 이사를 강제로 하게 된 셈이니 불쾌해야 할 터이지만, 어째서인지 그렇지 않았다. 그 이유는 그녀가 이사하게 된 곳이 특별했기 때문이었다.

  "나르파 씨, 이 박스 열어도 돼?"

  "아, 안 돼요! 그 박스엔 속옷이 꽉 차 있어서, 코타로 님이 그걸 열어 보시면 저는 속세를 떠나야 할지도 몰라요!"

"하긴, 잘 모르는 외간남자한테 속옷을 보여주는 건—."

"그런 뜻이 아니에요! 청기사 각하께 그런 허드렛일을 시키면, 포르트제에서 절 매섭게 비난할지도 모른다고요!"

"……그런 거야?"

"그런 거예요!"

"그럼…… 벽장 근처에 둘까?"

"부탁드릴게요!"

나르파가 이사하게 된 곳은 코로나장 105호실. 바로 코타로의 옆집이었다. 얼마 전까지 105호실에는 대학생이 살았는데, 올봄에 대학원에 들어갔기 때문에 다른 빌라로 이사했다. 처음에 시즈카는 평범하게 새 입주자를 받을 생각이었지만, 일본과 포르트제의 국교가 성립된 단계에서 티아 일행이 빌리기로 결정됐다. 현 상황에서 옆방에 모르는 사람이 들어오는 게 불안하기도 했고, 이웃에 폐를 끼치게 될 우려도 없어지기 때문이었다. 덕분에 나르파의 새 주거지는 105호실로 결정됐다. 집이 비었을 뿐만 아니라 경비체계를 거의 손볼 필요가 없다는 점도 큰 메리트였다. 물론 나르파도 이의는 없었다. 오히려 대환영이었다. 경애하는 황녀와 그 동료들의 이웃집인 데다, 심지어 전설의 청기사 곁에서 생활할 수 있다니. 포르트제 소녀에게 이보다 더 이상적인 환경은 없었다.

"대충 이쯤 두면 되겠지…… 영차."

털썩.

"……코토리, 코타로 님은 본인이 슈퍼 울트라 갤럭시 중요 인물이라는 걸 모르시는 것 같죠?"

"으음…… 사실 그건 나도 잘 모르겠어. 코우 오빠가 은하의 영웅이라니…… 싸우는 모습을 보고 난 지금도, 머릿속에서 영웅과 코우 오빠가 잘 매치가 안 돼."

현재 나르파가 문제를 느끼는 부분은 코타로의 행동을 보고 때때로 심하게 놀란다는 점이었다. 코타로는 본인이 중요 인물이라는 자각이 없어서, 가끔 나르파가 놀랄 만한 언동을 태연하게 보인다. 그때마다 그녀는 심장이 멎을 것 같았지만, 대체로 이번 박스 건처럼 보편적으로는 문제없는 행동이라서 차마 화낼 수가 없었다. 전설의 영웅이 실존하기 때문에 생겨난 함정이었다.

"코토리의 경우에는 갑작스레 닥친 일이니까, 그게 당연한 거 아닐까요?"

"나르나 다른 분들의 반응을 보면 많이 유명한가 보구나~ 하는 생각 정도는 들지만…….

코토리는 어깨를 으쓱하며 쓴웃음을 지었다. 사실 코타로가 영웅이라는 사실에 제일 심한 갭을 느끼는 건 코토리였다. 티아와 다른 소녀들처럼 함께 싸운 경험이 없을뿐더러, 켄지처럼 코타로의 몸에 난 흉터를 본 적이 있는 것도 아니다. 정말로 어느 날 그가 갑자기 우주 끝에서 영웅이 되었다는 사실을 알게 됐다. 뿐만 아니라 여자인 까닭에 영웅이라는 개념을 상상하기 어렵다는 점까지 더해져서, 그녀는 아직 이 현실을 받아들였다고 말하기는 어려웠다. 실제로 싸우는 모습을 보고 자초지종을 들은 지금도「소꿉친구 오빠가 갑자기 아이돌로 데뷔했습니다」정도의 인식이었다. 그만큼 코토리의 머릿속에 새겨진『코우 오빠』의 이미지는 굳건했다.

"유명하다기보다는, 포르트제에서 태어난 사람들의 인생에 녹아들어 있다는 표현이 더 알맞은―."

"앗, 나르! 조심해!!"

스륵―.

그때였다. 코토리와 대화하느라 정신이 팔린 나르파가 바닥에 어질러져 있던 이삿짐에 걸려 중심을 잃고 말았다.

"―히얏?!"

예상치 못한 사고에 제대로 반응하지 못한 나르파는 놀란 표정으로 중심을 잃고 천천히 뒤쪽으로 쓰러졌다. 그 경로에 있는 건 이제 막 풀기 시작한 각종 식기들. 이대로라면 그녀는 거기에 머리부터 부딪치게 된다. 식기는 도자기, 유리 제품이 많은 데다 나르파는 박스까지 들고 있는 탓에 제대로 자세를 잡을 수도 없었다. 크게 다치는 걸 피할 수 없는 상황이었다.

"나르파 씨!"

그 직후, 코타로는 나르파 쪽으로 몸을 날렸다. 지금까지의 경험을 토대로 코타로는 이사를 도와주면서도 계속 그녀를 주시했다. 덕분에 코타로는 나르파가 식기 위에 쓰러지기 전에 그녀를 바로 옆에서 끌어안는 것에 성공했다.

"어쩔 수 없지! 미안해요, 카사기 씨!"

그러나 문제는 아직 해결되지 않았다. 거의 럭비 태클에 가까운 방식으로 나르파를 구했기 때문에 코타로는 그녀를 품에 안은 채 105호실 벽을 향해 돌진했다. 이대로는 위험하다고 판단한 코타로는 몸을 크게 틀면서 나르파를 감쌌다.

쿠웅!

"꺄악?!"

"윽—!"

큰 소리와 함께 둘은 105호실 벽에 부딪혔다. 특히 코타로는 105호실 벽과 나르파 사이에 끼어서 큰 충격을 받았다. 두 사람은 반발로 튕겨 나가며 그 자리에 쓰러졌다.

"코우 오빠!! 나르!!"

후두둑—.

두 사람이 쓰러지는 동시에 105호실 벽 일부가 무너지며 커다란 구멍이 생겼다. 두 사람의 체중을 합치면 백 킬로그램을 넘는다. 그런 중량으로 힘차게 격돌했으니 당연한 결과였다. 그렇게 생긴 구멍 너머로 106호실이 보였다. 갑자기 벽에 구멍이 뚫린다는 돌발 상황에 106호실에 있던 소녀들은 일제히 놀란 토끼 눈이 되었다.

"아야야야야……."

그만큼 큰 사고였지만, 다행히 나르파는 크게 다치지는 않았다. 몸 곳곳이 아프긴 해도 움직이지 않거나 피가 나지는 않았다. 그녀는 인상을 찌푸리며 몸을 일으켰다.

"끄으응…… 다, 다행히 늦진 않았군……."

코타로는 나르파처럼 바로 일어나진 못했다. 자신과 나르파, 두 명분의 충격을 온전히 감당한 탓에 아직 숨이 제대로 쉬어지지 않았다. 이 시점의 코타로가 할 수 있었던 건 몸을 일으킨 나르파를 보고 안심하는 정도였다.

"레, 레이오스 님! 괜찮으세요?!"

나르파는 그런 코타로의 모습을 보고 울 듯한 얼굴로 달라붙었다.

"나르파 씨, 무사해?"

"제 안위 따위가 중요한가요! 레이오스 님은 안 다치셨어요?!"

부주의하게 넘어질 뻔한 자신을 감싸다가 코타로가 벽에 부딪쳤다— 포르트제 출신인 나르파에게 이것은 대단히 큰 문제였다. 얼마나 심하게 동요했는지 그를 부르는 호칭이 『코타로 님』에서 『레이오스 님』으로 돌아올 정도였다.

"나, 난 괜찮아. 그리고 나르파 씨가 안 중요할 리가 없잖아."

이때쯤 코타로도 격돌한 충격에서 회복되고 있었다. 아직 좀 아프고 호흡도 거칠긴 했지만 어떻게든 몸을 일으킬 수 있었다.

"나르파 씨, 다치진 않았어?"

"엣, 아······."

나르파는 그제서야 자신의 몸을 살폈다. 이제까지는 코타로 일로 머리가 가득해서 그럴 겨를이 없었다.

"······걱정 마세요. 조금 까진 정도예요. 그보다 레이오스 님, 정말 괜찮으세요?"

코타로 덕분에 나르파는 무사했다. 작은 상처가 나긴 했지만, 그냥 둬도 무방한 수준이었다. 그렇기에 나르파는 코타로의 몸을 걱정했다. 나르파는 자신을 감싼 코타로가 다쳤을지도 모른다고 생각하자 애가 탔다.

"괜찮다니깐. 난 나르파 씨보다 튼튼하고, 모두가 과하다 싶을 만큼 지켜주고 있으니까."

다행히 코타로도 무사했다. 벽에 부딪힌 충격으로 잠깐 숨이 막히긴 했지만 큰 부상은 없었다. 나르파와 비슷한 수준의 작은 상처가 난 정도였다. 코타로는 원래 체력이 장점일뿐더러 마법과 영능력에 의해 다중으로 보호받고 있다. 덕분에 이런 정도로 큰 문제가 생길 걱정은 없었다.

"다행이다······."

코타로의 대답을 듣고 나서야 나르파는 안심했다. 코타로가 크게 다치는 건 심각한 사안이다. 그러한 감정이 몰려와 나르파의 눈가에서 주르륵 눈물이 흘러내렸다.

"……그나저나 난리 났네……."

두 사람은 무사했지만, 그래도 피해가 아예 없는 건 아니었다. 105호실과 106호실 사이의 벽에 커다란 구멍이 뚫리고 말았다. 구멍은 사람이 자유롭게 지나다닐 수 있을 만큼 커다랬다.

"……카사기 씨가 가만 안 있겠지……. 그렇게 아끼는 집이니까……."

코타로의 머릿속에 시즈카가 귀신처럼 화내는 모습이 떠올랐다. 부모님의 유품인 코로나장을 무엇보다 소중히 아끼는 시즈카가, 이 구멍을 보고 화내지 않을 턱이 없다. 코타로는 이 시점에서 그녀에게 먼지 나게 두들겨 맞을 각오를 했다.

"죄송해요, 레이오스 님. 저 때문에 벽이……."

"그래도 나르파 씨가 크게 다치는 것보단 나아."

"레이…… 아니, 코타로 님…… 고맙습니다."

"……그 대신에, 제가아, 새하얗게 됐지만요오……."

"미안, 유리카."

"……나르를 돕다가 그런 같으니까아, 어쩔 수 없겠죠오."

"미안해요, 유리카 씨……."

피해 상황은 큰 구멍이 뚫린 벽과 그 파편을 뒤집어쓴 유리카 뿐. 다행히 그녀도 다치지 않았다. 석고보드 파편과 시멘트 가루를 수북이 뒤집어쓰고 하얗게 변하는 정도로 끝났다. —끝났지만, 유리카는 울었다. 그녀가 막 먹으려고 하던 푸딩까지 새하얗게 변했기 때문이었다.

사고 소식을 듣고 온 시즈카는 방의 참상을 보자마자, 예상했던 대로 귀신 같은 형상으로 화냈다. 그녀 입장이 돼서 코로나장 벽에 커다란 구멍이 뚫린 것을 본다면 누구라도 그런 반응을 보일 것이다. 이렇게 된 이상 다른 수는 없었기 때문에 코타로는 시즈카 손에 죽는 것을 각오한 후에 사정을 설명하고 넙죽 엎드리며 사죄했다.

"죄송합니다. 화내시는 것은 아주 지당합니다. 뭐라고 드릴 말씀이 없습니다."

"……용서할게."

그런데 시즈카의 입에서는 생각지도 못한 말이 나왔다. 코타로는 순간 얼빠진 얼굴로 자기도 모르게 되물었다.

"네엡?"

"그러니까, 용서하겠다고."

"요, 용서해주신다고요?"

"어쩔 수 없잖아. 나르가 다치는 것보다 백 배는 나은걸. 벽을 지키려고 나르를 다치게 했다면 부모님이 화내실 거야. 사토미 군은 옳은 일을 했어."

"카사기 씨……."

"그리고 나랑 친한 남자애가, 나중에 꼭 뭔가 합당한 보답을 해줄 거라고 생각하거든."

"……그 남자애한테는, 할 수 있는 최대한의 보답을 하라고 제 쪽에서 말해두겠습니다."

"응, 좋아."

다행히도 시즈카는 코타로를 죽이거나 하지 않았다. 반대로 미소 지으며 코타로를 칭찬해주었다. 나중에 지갑이 꽤 얇아지게 될 수도 있지만, 그녀가 불처럼 화내는 모습을 보는 것보다는 훨씬 나은 결말이었다. 그런고로 코타로는 사고 뒤처리를 계속해서 진행했다.

"다친 데는 잘 씻었어?"

"네, 깨끗해요."

"그럼 보여줘."

"네, 잘 부탁드려요."

코타로는 나르파의 상처를 치료하기 시작했다. 물론 상처라고 해도 대단치는 않았고, 아까 쓰러질 때 팔이 살짝 까진 정도였다. 조금 전 코타로가 시즈카에게 사죄하는 사이, 나르파는 상처에 묻은 이물질을 씻어냈다. 상처의 정도를 확인한 코타로는 주머니에서 간이 구급키트를 꺼내 치료를 시작했다.

"항상 죄송해요, 코타로 님."

"다치고 싶어서 다치는 것도 아닌데 뭘."

"그렇긴 하지만…… 제가 부주의한 탓에 폐를……."

"낯선 생활을 시작한 거잖아. 차차 익숙해지면 돼."

"……네, 고맙습니다."

코타로는 최근 들어 주머니에 들어가는 간이 구급키트를 들고 다니게 됐다. 나르파가 다칠 때마다 구급상자를 꺼내러 가는 것보다는, 기능은 좀 제한적이어도 더 작은 구급키트를 휴대하고 다니는 게 효율적이기 때문이다. 코타로는 키트에서 꺼낸 소독 스프레이를 익숙한 듯 나르파의 상처에 뿌렸다. 이미 몸에 밴 작업이었다.

'—아으으…… 청기사 각하를 구급대원처럼 부려먹다니……. 이건 안 돼. 말도 안 되는 일이야……. 포르트제 사람으로서도, 여자로서도…….'

치료받는 나르파는 이 상황이 황송했지만, 코타로는 개의치 않고 치료를 계속했다. 상처 치료는 상처가 난 직후에 확실하게 하는 게 중요하다. 나르파의 속사정 같은 걸 신경 쓸 필요는 없었다.

"여기요, 사토미 군."

나르파의 상처에 반창고를 붙인 코타로가 붕대를 감아야겠다고 생각했을 때 누군가가 붕대를 내밀었다.

"고맙습니다, 사쿠라바 선배."

"후후후…… 천만에요."

붕대를 내민 사람은 하루미였다. 하루미는 남을 잘 챙겨 주기 때문에 나르파가 다치면 치료를 도와줄 때가 많았다. 오늘도 여느 때처럼 오른손에 붕대를 들고 둘을 보며 웃고 있었다.

"……응?"

그때 코타로는 하루미가 내민 오른손, 그 손목에 눈길을 주었다. 하루미의 손목에는 하얀 레이스로 치장된 파란색 리본이 매어 있었다.

"사토미 군, 왜 그래요?"

"아, 별건 아니고요…… 그냥, 사쿠라바 선배 손목에 못 보던 리본이 매어 있길래요."

"아아, 이거요?"

코타로에게 붕대를 건네준 하루미는 빈 오른손을 자기 얼굴 앞에 들어 올렸다. 그리고 손목의 리본을 보며 살짝 수줍은 듯 웃었다.

"실은, 최근에 무척 멋진 꿈을 꿨는데요……. 꿈속의 저를 닮고 싶다는 생각에, 따라 해봤어요."

"주술이나 부적 같은 거군요."

실로 하루미다운 이유에 납득한 코타로는 나르파의 손에 붕대를 감아갔다. 하루미의 리본과 완전히 같은 위치였다.

―붕대, 붕대라……. 리본…… 어디서 이런 일이 있었던 가……? 아니, 기억에 없어…….

코타로의 시선은 두 사람의 오른쪽 손목에 고정됐다. 어디서 비슷한 걸 본 듯한 기분이 들었다. 하지만 수차례 비교해보고 기억을 뒤져봐도 그럴듯한 기억은 떠올릴 수 없었다. 그래서 코타로는 기분 탓이라고 결론지었다.

"……이제야 깨달은 게냐? 참으로 어리석은 녀석이로다."

친숙한 얼굴이 코타로의 시야를 채웠다. 금색 머리카락과 파란 눈동자. 그 인상적인 용모의 주인은 심기가 불편한 듯, 뺨을 부풀리고 원망 섞인 눈초리로 코타로를 보았다.

"맥켄지는 이미 지난주에 우리 모두의 변화를 깨달았건만."

심기가 불편해 보이는 소녀— 티아는 그렇게 말하며 코타로의 코끝을 손가락으로 꾹꾹 눌렀다. 그것은 좋아하는 보람이 없는 소년에 대한 소소한 제재였다.

"모두라고?"

코타로는 티아에게 코를 눌리며, 그녀가 꺼낸 말 중에『모두』라는 단어에 주목했다. 그러자 티아는 손에 들고 있던 물건을 코타로에게 내밀었다.

"하루미 혼자만 소지품이 바뀐 게 아니라는 말이니라."

티아가 내민 것은 자전거의 핸들 부분이었다. 티아는 그것을 일단 자전거에서 분리해서 자기 몸에 맞게 조정했다. 그리고 코타로는 그 핸들을 본 기억이 없었다. 티아는 최근에 자전거를 새로 산 것이었다.

"사쿠라바 선배는 리본, 티아는 자전거……."

티아의 말을 듣고 코타로는 주위를 한번 둘러보았다. 확실히 티아 말마따나 방에 있는 소녀들의 소지품에 변화가 있었다. 마키는 — 지금은 쓰고 있진 않지만 — 고양이 마크가 새겨진 음악 감상용 헤드폰을 목에 걸고 있었다. 유리카는 막 상자에서 꺼낸 운동화를 생글생글 웃으며 보고 있었다. 시즈카는 앞치마가 새것으로 바뀌었는데, 코타로와 눈이 마주치자 잘 보이게끔 펼쳐주었다. 마찬가지로 사나에도 등을 돌려 천사 날개가 달린 백팩을 코타로에게 보여주었다. 그리고 루스는 무척 귀여운 사복을 입고 있었는데, 코타로가 쳐다보자 얼굴을 붉혔다. 키리하는 머리장식이 새로 바뀌었고, 그에 맞춰서 머리 스타일과 복장도 미묘하게 달라졌다. 끝으로 클란은 구식 라디오에 쓸 법한 진공관을 조심스레 닦고 있었다.

"다들 어느새……."

"나 원 참. 그런 점이 그대의 문제라는 걸 아느냐? 맥켄지를 좀 본받거라."

"그 녀석이랑 비교하지 마. 근데 다들 일제히 무슨 바람이 분 거야?"

"하루미의 리본처럼 부적 같은 것이니라. 3학년이 된 데다 지금은 정세가 불투명하니 말이지. 얼마 전에 하루미가 시작한 걸 보고 소녀들도 따라 하게 되었다."

"흐음, 그렇구나."

신기하게도 소녀들의 소지품은 전부 코타로의 감성에 딱 맞았다. 그래서 소녀들이 그것들을 갖고 있어도 부자연스럽게 느껴지지 않았고, 부적이라는 말도 쉽게 받아들일 수 있었다. 코타로도 야구 시합 등을 비롯해 중요한 승부를 앞두었을 때는 미신을 믿는 쪽이었다.

'그런데, 이 느낌은 뭘까⋯⋯.'

다만, 한 가지 마음에 걸리는 게 있었다. 코타로가 하루미의 리본에서 느낀 점을, 다른 여덟 명의 소지품에서도 느끼고 있었다. 무언가가 마음에 걸렸는데, 마땅히 떠오르는 바가 없었다. 그 점이 신경 쓰였지만 불쾌한 느낌은 아니었다. 그래서 언젠가 알게 되겠거니 하면서 깊이 생각하기를 관두고 그 문제를 머리 구석으로 밀어놓았다.

"부적⋯⋯ 어쩌면 저야말로 그런 게 필요할지도 모르겠어요."

나르파도 코타로처럼 소녀들을 둘러본 다음 벽에 뚫린 구멍을 보고 힘없이 어깨를 떨어뜨렸다. 그녀는 자신의 부주의함에서 비롯된 사고나 부상 등을 줄이고 싶었다. 안 그러면 코타로에게 계속 폐를 끼치게 될 테니까. 나르파는 신에든 뭣에든 의지하고 싶은 심정이었다.

"너무 걱정하지 마, 나르! 지금 생활에 익숙해지면 분명 나아질 거야!"

코토리는 벽에 뚫린 구멍을 가림막으로 가리며, 힘찬 목소리로 나르파를 격려했다. 그 말을 듣자 어쩐지 나르파는 기운이 나는 것 같았다.

"저도 그러면 좋겠네요."

"괜찮아, 꼭 그렇게 될 거야!"

"힘낼게요!"

"바로 그 마음가짐이야."

덕분에 미소를 되찾은 나르파는 생각했다. 코토리가 있는 한 부적 같은 건 필요 없을 것 같다고. 코토리와 친구가 돼서, 정말 다행이라고.

상처 치료가 끝나자 코타로 일행은 다시 나르파의 이사를 돕기 시작했다. 벽에 난 구멍으로 편히 오갈 수 있게 돼서 106호실 주민들도 적극적으로 도와주었다. 덕분에 짐을 정리하는 속도에 탄력이 붙었고, 오후가 되자 105호실은 그럭저럭 살 만한 환경을 갖추었다.

"유리카, 이거라도 먹어."

"그래도 되나요오?! 사토미 씨의 푸딩인데요오?!"

"그런 사고를 겪고도 이사를 끝까지 도와줬잖아. 그런 사람을 내버려 둘 순 없지."

"잘 먹겠습니다아~!"

이사 작업을 얼추 마치고, 지금은 106호실 쪽에서 간식 시간을 갖는 중이었다. 다들 찻잔을 들고 전병을 먹는 가운데 단 한 명, 유리카만은 코타로가 준 푸딩을 먹고 있었다. 조금 전에 먼지 범벅으로 만들어 버린 것에 대한 보상이었다.

"유리카, 나도 좀 줘."

"조금만이에요오."

"고마워! ……맛있어!"

"역시이, 푸딩은 먼지가 안 뿌려진 쪽이이, 맛있네요오."

"너, 그걸 먹었니?!"

유리카는 즐겁게 푸딩을 먹었다. 그 모습에 만족한 코타로는 들고 있던 전병을 깨물었다. 그리고 차를 한 모금 마셨을 때, 밥상 맞은편에 앉아 있는 시즈카와 눈이 마주쳤다.

"다정하구나, 사토미 군."

"뭐, 이건 제 탓도 있으니까요."

"……다정하구나, 사토미 군."

"네, 알아요."

시즈카가 본인의 어깨를 살살 두드리며 꺼낸 두 번의 같은 말— 그 목소리에서 미묘한 차이를 느끼고 무언가 깨달은 코타로는 그녀에게 다가갔다. 그리고 코타로는 시즈카 뒤로 돌아가 그녀의 어깨를 주무르기 시작했다.

"이 정도면 될까요?"

"좀 더 세게 해줄래? 계속 이상한 자세로 청소했더니 어깨가 심하게 뭉쳤어."

"예이, 맡겨만 주십쇼."

"아~ 딱 좋아. 그대로 계속해줘."

"성심성의껏 노력하겠습니다."

"좋은 자세야."

코타로는 유리카만이 아니라 시즈카에게도 사과해야 했다. 시즈카의 경우에는 부모님이 남긴 소중한 유품이 망가진 셈이니, 푸딩 하나로 넘어갈 수는 없었다. 코타로는 조금 전부터 시즈카를 공주님처럼 극진하게 대우했다. 다행히 시즈카는 그거면 충분하다고 생각했는지 요구가 점점 커지는 일은 없었다. 그저 시종 즐거워 보일 뿐이었다.

"코타로 님이 어깨를 주무르고 계셔……."

하지만 그것은 나르파가 보기에는 경이로운 광경이었다. 나르파는 무척 놀란 나머지 그 모습을 카메라로 촬영하는 것마저 잊고는, 휘둥그레진 눈으로 그 모습을 쳐다보았다.

"시즈카 씨는 코우 오빠가 청기사가 되기 전부터 친구였거든. 그래서 코우 오빠랑은 대등한 관계야."

"그렇다면, 이상할 건 없겠지만…… 아무리 그래도 저런 건 제가 해야 할 일이 아닐까요……."

코타로는 나르파를 구하려다가 벽을 부수었다. 그렇다면 그 책임은 나르파가 져야 하는 게 아닐까. 그것은 나르파에게 있어 지극히 당연한 생각이었다.

"그게 바로 인간의 감정이 복잡한 이유지."

그런 나르파의 의문에 대답한 것은 키리하였다. 그녀는 찻잔을 밥상에 두고 나르파를 보며 미소 지었다.

"저건 별로써 하는 것이라기보다는 놀이의 범주에 들어가는 행위다."

"놀이, 요?"

"그래. 그대도 오빠와 비슷한 걸 하지 않는가?"

"그건…… 물론 그렇기는 한데, 두 사람은 가족이 아니잖아요."

"지금까지 우리에겐 많은 일이 있었어. 서로를 타인이라고 단언하는 것에 저항감을 느낄 정도로 강한 인연이 있지."

"황녀 전하와 비등할 정도로, 요?"

"그렇지. 저건 그저 그 인연을 확인하는 과정일 뿐이야. 다만…… 코타로는 그걸 인정하지 않겠지만."

키리하는 그렇게 말하며 쓴웃음을 짓고는 다시 찻잔을 들고 목을 축였다. 그리고 코타로와 시즈카 쪽으로 시선을 보냈다. 이때 키리하의 눈동자를 본 나르파는, 확실히 타인에게 보내는 그것과 다르다는 점을 느낄 수 있었다.

'—이런 게 코토리가 늘 말하는 운명의 사람이란 걸까……? 나는…… 다르겠지……. 영웅을 보고 있으니까. 그거면, 충분할 텐데…….'

그녀를 따라서 나르파도 코타로를 보았다. 이때 나르파는 자신이 코타로를 영웅으로 보고 있을 거라는 자각이 있었다. 그리고 자신과 키리하의 시선에서 차이를 느끼고, 나르파는 그것을 유감스럽게 생각했다. 분명 그 정도면 충분할 터인데도.

"……나르파, 마음에 걸린다면 도와주는 게 어떤가?"

"네?"

"저기에 끼어들면 안 된다는 법이 있는 것도 아니야. 물론…… 그대가 그걸 바란다면 말이지만."

"저는……."

키리하의 말을 듣고 나르파는 자문했다. 자신은 과연 저 사이에 들어가고 싶은가. 그리고 코타로를 어떤 눈으로 보고 싶은가.

"……가서, 코타로 님을 도울래요."

나르파는 그걸 바라고 있었다. 그러나 그 감정이 코타로에 대한 것인지, 청기사라는 영웅에 대한 감정인지 아직 확실치 않았다. 그래도 그냥 가만히 있는 것은 어느 쪽이든 마이너스인 것처럼 느껴졌다.

"그런가."

키리하는 짧게 대답하고 웃으며 고개를 끄덕였다. 나르파는 코타로와 시즈카에게 다가갔다. 그리고 나르파는 주뼛주뼛한 태도로 두 사람에게 말을 꺼냈다. 그리고 짤막한 대화를 나눈 후 코타로와 함께 시즈카를 마사지하기 시작했다.

'이 나르파 라울레인이라는 소녀는, 우리에게 대체 어떠한

존재인 걸까……'

 키리하가 나르파에게 도울 것인지 말 것인지 선택하라고 조언한 건 먼 타향살이를 시작한 유학생 나르파에게는 그게 좋을 거라고 생각했기 때문이지만, 그 외에 숨겨진 이유가 하나 더 있었다. 얼마 전 싸움에서 키리하는 나르파가 모종의 힘을 발휘하는 듯한 광경을 목격했다. 심지어 나르파에게는 자신이 그랬다는 자각이 없었다. 그때는 좋은 쪽으로 작용한 것으로 느꼈지만, 다음에도 그러리라고 장담할 순 없었다. 그래서 키리하는 나르파가 어떤 인간이고, 무엇을 원하는지 확실하게 알 필요가 있다고 생각했다.

 '지금으로선 평범한 유학생으로 보이지만…… 그 힘이 우연히 그녀에게 깃들었다고 생각하는 건 성급한 판단일 거야. 누군가가 보낸 인물일까, 아니면……. 혹은, 우리의 사라진 기억과 관련이 있는 건지…… 당분간 관찰할 필요가 있겠군……'

 과거의 키리하가 남긴 편지에 의하면, 코타로 일행은 4월 5일과 6일을 경계로 기억의 일부가 바뀌었다고 한다. 그리고 키리하는 그 바뀐 기억에 나르파가 포함되어 있을 가능성이 있다고 생각했다. 하지만 이는 아직 가능성 단계일 뿐, 확증이 있는 건 아니었다. 그래서 그런 점까지 포함해서 키리하는 향후 계속해서 나르파를 관찰할 필요가 있겠다고 판단했다.

"자, 슬슬 가야지!"

그때였다. 푸딩을 다 먹은 유리카가 갑자기 자리에서 벌떡 일어났다. 그러자 방에 있는 사람들의 시선이 자연스럽게 그쪽으로 모였다.

"유리카, 갑자기 어디 가?"

코타로가 대표로 묻자, 유리카는 힘차게 웃으며 대답했다.

"아르바이트 가야 할 시간이라서어, 다녀올게요오."

이날 유리카는 저녁에 아르바이트 출근이 잡혀 있었다.

저번에 만화를 잔뜩 구입한 탓에 일어난 돈 부족 문제는 아직 해결되지 않았다.

"또 아르바이트야? 이번엔 어디에서 일하는데?"

유리카의 아르바이트 이야기를 듣고 마키가 걱정스레 물었다. 비단 마키만이 아니라 방에 있는 모두의 걱정이기도 했다. 최근에 유리카가 아르바이트하던 직장이 사실은 야쿠자 사무소였다는 해프닝이 있었던 탓이다.

"걱정 마세요오. 저도 그때 깊이 반성했으니까아. 이번에 느은, 오래된 공장에서 유리판을 닦고 있어요오."

아무리 유리카라도 범죄조직의 앞잡이가 되었던 것에는 위기감을 느꼈는지 수상한 고액 아르바이트에는 더 이상 눈독 들이지 않고, 동네에 있는 공장에서 일하고 있었다.

"그렇구나. 열심히 해."

"네에. 다녀오겠습니다아!"

아무리 그래도 동네 공장이 범죄조직과 관련되어있다고 생각하긴 어렵다. 그래서 마키는 웃으면서 유리카를 배웅해 주었다.

"이러니저러니 해도, 저 녀석도 똑바로 생각하게 되었군."

"각하. 유리카 님은 정의의 마법소녀이니까, 역시 악당의 수하는 위험하다고 생각하신 게 아닐까요?"

"솔직하지 못하군요, 벨트리온. 저 아이도 최근에는 잘 한다고 생각하니까 푸딩을 양보한 것이지요?"

"아닌데? 요즘 내가 단 걸 너무 많이 먹은 것 같아서 조심했을 뿐이라고."

"그럼 내일 디저트는 내가 먹어도 돼?"

"안 돼. 내일은 내가 먹을 거야."

"뭐야~ 단 걸 많이 먹은 것 같다며~?"

"나 원…… 참으로 솔직하지 못한 남자로다."

방의 분위기가 누그러졌다. 다른 소녀들이 그렇듯, 유리카 또한 지난 2년간 성장했다. 동료의 성장은 기뻐해야 할 일이다. 그걸 순순히 표현하지 않는 건 코타로 뿐이었다. 그 부분에서는 성장을 느끼지 못한 소녀들이었다.

클럽 활동 대항 장애물 마라톤

5월 2일 (월)

5월이 되면 킷쇼하루카제 고등학교는 열기에 휩싸인다. 5월 중순에 체육대회가 개최되기 때문이다. 킷쇼하루카제 고등학교에서는 체육대회를 빅 이벤트로 취급하며 학생들의 관심이 무척 높다. 이미 학교에는 준비에 착수한 학생들이나 경기에서 좋은 성적을 남기고 싶은 학생들이 분주히 뛰어다니고 있었다. 그래서 가을 문화제와 나란히 학생들이 활기에 넘친 모습을 보여주는 게 바로 이 시기였다.

"……체육대회……가, 뭔가요?"

그리고 그중에 다른 학생들과 조금 다른 반응을 보이는 학생이 한 명 있었다. 바로 포르트제에서 온 유학생, 나르파

라울레인이다. 방과 후, 클럽 활동에 참여하려고 교실을 나온 그녀는 복도 게시판에서 체육대회에 관련된 게시물과 포스터 등을 보았다. 그녀는 『체육대회』라는 단어가 낯설었기 때문에 함께 있던 친구, 코토리에게 그 의미를 물어보았다.

"으음, 어떻게 설명하는 게 좋을까……. 그렇지, 쉽게 말하면 전교생이 함께 몸을 써서 노는 날이야."

"논다니, 뭘 하면서요?"

"우선 전교생을 몇 팀으로 나누는데, 올해는 홍팀 백팀으로 나누나 보네. 그리고 다소 몸을 써야 하는, 승패가 있는 게임으로 대항전을 하는 거야."

"오호, 재밌을 것 같네요! 이건 꼭 취재해야 하겠는걸요!"

코토리 덕분에 체육대회가 무엇인지 이해한 나르파는 눈을 초롱초롱 빛냈다. 포르트제에도 체육대회나 운동회에 해당하는 행사가 있지만, 스포츠 종목만으로 치르는 게 일반적이었다. 그래서 일본의 체육대회나 운동회처럼 오직 그날만을 위한 특별한 종목이 많은 구성은 나르파의 눈에 참신하게 보였다. 물론 그것은 포르트제 국민들도 마찬가지일 테니 그녀에겐 절호의 취재 기회가 온 셈이었다.

"그럼 코토리, 가장 인기 있는 종목은 무엇인가요?"

나르파는 이 기회를 놓칠세라 바로 취재를 시작했다. 그녀는 카메라로 촬영하며 코토리에게 질문했다.

"오빠는 『클럽 활동 대항 장애물 마라톤』이라고 했어."

이제까지 여러 번 인터뷰 대상이 되어 보았기 때문에 코토리는 차분한 태도로 나르파의 질문에 답해나갔다. 참고로 현시점의 코토리는 아직 몰랐지만, 사실 나르파의 영상에 자주 등장하는 코토리는 포르트제에서 나날이 인기를 얻어가고 있었다. 성격 좋아 보이는 귀여운 여자애라는 점은 물론이고, 코타로의 소꿉친구라는 점에도 이목이 집중되었다. 특히, 종종 그녀의 입에서 튀어나오는 『코우 오빠 일화』는 코타로에 대한 거라면 아무리 사소한 정보라도 알고 싶어 하는 포르트제인들에게 있어 귀중한 정보원이었다.

"어떤 종목인가요?"

"우리 학교가 클럽 활동이 활발하다는 건 알지?"

"네. 열심히 연습하는 모습을 자주 봐요."

그렇게 대답하며 나르파는 카메라를 창밖으로 돌렸다. 그곳에서는 다양한 운동부가 연습에 매진하고 있었다.

"그 클럽끼리 순위를 겨루는 장애물 마라톤이야. 마라톤 도중에 계산 문제를 풀거나, 죽마를 타거나 하면서."

"홍백 대항전이 아닌가요?"

"응. 이 종목만은 홍백 대항전이랑 관계없어. 굳이 취지를 따지자면 각 클럽이 존재감을 어필해서 자기 클럽에 관심을 가지게 하는 게 목적이라고나 할까? 그러니 애초에 눈에 띄는 게 최우선 목적이고, 이기는 것엔 욕심 없는 사람들도 있어."

"운동부들은 치열하게 싸울 것 같네요."

"그렇다나 봐. 그래서 문화부는 초반이 중요하고, 운동부는 후반이 중요하다고 해."

"참고로 코타로 님의 전적은 어떤가요?"

"2년 전에 한 번, 코우 오빠가 소속된 뜨개질 연구회가 우승했어."

"대단하네요!"

코토리에게 얼추 개요를 들은 나르파는 게시판에 붙은 체육대회 관련 포스터와 자료를 촬영했다. 이는 포르트제에 공개하기 위한 게 아니라 체육대회 관련 정보를 기록으로 남겨두기 위한 것이었다.

"어? 너희들, 이런 데서 뭐해?"

나르파가 게시판 촬영을 대강 마쳤을 무렵 사나에가 복도에 서 있는 두 사람에게 관심을 보이며 다가왔다.

"안녕하세요, 사나에 님."

"아, 선배. 게시판을 좀 보고 있었어요."

"뭔데뭔데?"

게시판 근처로 다가온 사나에는 코토리가 가리킨 포스터를 보고 이내 눈을 반짝였다.

"체육대회! 벌써 그런 시기가 됐구나~!"

축제를 좋아하는 사나에는 당연히 체육대회도 무척 좋아했다. 사나에는 눈만이 아니라 표정까지 빛내며 몸을 틀고 크게 손을 흔들었다.

"코타로, 코타로! 얼른 와 봐~!"

"음—. 왜 그래?"

"뭐야, 무슨 일이냐?"

사나에에 이어 코타로 일행도 다가왔다. 실은 코타로 일행은 호출을 받고 하루미를 뺀 나머지 전원이 교무실에 가는 길이었다.

"이것 좀 봐!"

"체육대회…… 그간 워낙 정신없어서 까맣게 잊고 있었네."

"그리운 이름이로다. 분명 2년 전에 『클럽 활동 대항 장애물 마라톤』에 참가했었지."

"난 그때 엔젤릭 수호령으로 코타로를 도와줬어."

"소녀와 키리하는 당시에 치열한 전쟁을 치렀지. 참으로 큰 소동이었어."

"큰 소동이라는 말로 넘어가려고? 네가 지뢰 같은 걸 설치한 탓에 엉망이 된 건 까먹었냐?"

"그건 젊은 혈기로 인한 과오이니라! 이제 와서 문제 삼지 말거라!"

"예, 예. 잘 압니다요, 황녀 전하."

"아, 맞다! 들어 봐, 사토미 군. 그때 내 머리가 한동안 파마한 것처럼 변해서 진짜 고생했다니까!"

"그게 벌써 2년이나 지났나……. 서로 열심히 책략을 펼친 결과 공멸하게 됐고, 유리카랑 하루미가 우승했었지."

"지금도 유리카 님은 때때로 그때 받은 우승컵을 닦곤 하시죠?"

"그게 제 인생에서어, 얼마 안 되는 영광스러운 순간 중 하나예요오."

사나에만이 아니라 코타로와 소녀들 대다수도 눈을 반짝였다. 소녀들이 106호실에 온 지 얼마 안 되었고 아직 서로의 존재를 받아들이지 못했을 무렵의 일이다. 코타로와 소녀들은 『클럽 활동 대항 장애물 마라톤』을 통해 방의 점유권 쟁탈전을 벌였다. 그때의 기억은 누구의 마음에도 강하게 남아 있었다. 이제 와서 돌이켜보면 참 바보 같은 짓만 했지만, 코타로 일행의 관계를 강하게 만드는 계기 중 하나였다는 것은 분명했다.

"5월…… 제가 오기 전이네요."

"마키, 확실히 당신은 저보다 좀 나중에 왔었지요?"

"네. 첫 번째 연극 직후쯤이었어요."

"우리가 모르는 추억이, 반년 정도 있는 거군요……."

하지만 클란과 마키는 그 대화에 끼지 못했다. 두 사람은 체육대회가 끝난 후에 코타로 일행과 만났기 때문에 이 화제에는 낄 수가 없었다. 이야기에 끼지 못하는 건 코토리와 나르파도 같았지만, 평소에 함께 사는 만큼 클란과 마키의 서운함은 컸다.

'이 두 명은 가끔 이런 표정을 보인단 말이야⋯⋯. 역시 마음에 걸리는 거겠지. 시기적으로도, 한때 적이었다는 점도⋯⋯.'

그런 두 소녀의 표정을 읽어낸 코타로는 애서 밝은 목소리로 선언했다.

"좋아, 그럼 올해도 다 같이 나가볼까!"

문제가 있다면 내버려 둬서는 안 된다. 공유할 수 있는 추억이 없다면 만들면 된다. 그러려면 같은 이벤트에 한 번 더 참가하는 게 제일이었다.

"사토미 군, 그 말이 정말인가요?!"

마키의 표정이 바로 밝아졌다. 코타로가 참가를 결정한 건 운동을 좋아한다는 이유가 크겠지만, 마키와 클란을 배려하는 차원이기도 할 것이다. 마키는 그렇게 생각했다. 그리고 그것이 마냥 기뻤다.

"응. 가끔은 머리를 싹 비우고 아무 생각 없이 노는 날도 있어야지."

"열심히 할게요!"

마키는 조금 전까지의 모습이 마치 거짓말이었던 것처럼 밝은 표정으로 대답했다. 몇 년 후에 『클럽 활동 대항 장애물 마라톤』 이야기가 나왔을 때 이번 일이 화제가 될 수 있도록, 코타로나 다른 소녀들의 추억으로 남을 수 있도록 최선을 다하자— 마키는 속으로 굳게 다짐했다.

"너도 꼭 나가야 한다?"

"저, 저는 딱히…… 스포츠는…… 잘 못하기도 하고……."

클란은 성격이 다소 꼬인 탓에, 참가하게 된 것을 마키처럼 솔직하게 기뻐하지 않았다. 『나는 서운하지 않으니 굳이 참가하고 싶은 마음도 없다』라는 스탠스를 지키고 싶었다.

"흐응~ 그래? 나르파 씨, 클라리오서 황녀 전하께서는 참가하실 생각이 없나 봐."

"아쉽네요. 여러분이 경기에 임하는 모습을 촬영할 수 있겠다고 생각했는데."

"아아~ 국민들은 아쉽겠네. 정말로 아쉬울 거야~."

"알았어요, 알았다고요! 나가면 되잖아요, 나가면!"

하지만 결국 코타로에게 설득당했다는 형태로 참가를 결정했다.

"……하여간 손이 많이 가는 녀석이라니까."

코타로는 클란에게만 들리도록 작은 목소리로 속삭였다. 만약 코타로가 국민을 들먹이며 도발하지 않았다면 클란은 나중에 서운하게 생각했을 것이다. 그녀도 진심으로 나가고 싶지 않은 건 아니었으니까.

"……그걸 안다면, 좀 더 부드럽게 대해주시길."

퍽.

마찬가지로 클란도 작은 목소리로 속삭이며 코타로의 정강이를 살짝 찼다. 클란은 청기사의 파트너를 자처하는 동시에 여자로서도 코타로와 보다 좋은 관계를 맺고 싶었다.

그런 그녀에게는 코타로가 자신을 대할 때 조금 더 다정했으면 좋겠다는 바람이 있었다.

"그런 말을 해도 말이지, 남자에게는 입장이라는 게 있─."

"알 바 아니어요! 이 배배 꼬인 사람 같으니!"

"네가 그런 말 할 처지냐?"

"후후후홋~."

코타로와 클란의 목소리가 무심코 커진 그때. 바로 옆에서 방울 소리처럼 귀여운 웃음소리가 들렸다. 나르파의 웃음소리였다.

"역시 코타로 님과 클란 님은 사이가 무척 좋으시군요."

나르파는 다시금 감탄했다. 이제까지 1개월 가까이 카메라 너머로 코타로와 클란의 관계를 보아 온 나르파는 두 사람의 배배 꼬인 관계를 잘 이해할 수 있게 됐다. 쉽게 말해 두 사람은 서로에게 어리광을 부리고 있었다.

"사이가 좋기는요! 이 꼬인 남자는 항상 질리지도 않고 저를 놀리기만 한다고요?!"

"당치도 않사옵니다. 저는 황녀 전하께 언제나 최상급의 경의를─."

"먹히지도 않을 시치미를……!"

"눈썰미가 좋으시네요, 나르파 씨. 사토미 군은 저에게는 좀처럼 심술을 안 부리거든요. 역시 클란 양이 특별한 거라고 생각해요."

"마키, 당신이 제일 특별 취급 받는 거 아닌가요!"

"좋아. 아무튼『클럽 활동 대항 장애물 마라톤』에 참가하는 건 결정된 거다?"

코타로가 클란을 설득한 — 그렇다기보다는 고집부리는 걸 관두게 했다 — 덕분에 반대 의견은 없어졌다.

"좋아~! 난 2년 전엔 응원만 했지만, 올해는 직접 우승할 거야!"

"올해는 반드시 시즈카를 이기고 이 킷쇼하루카제 고등학교의 역사에 이름을 남길 것이니라!"

"안 질 거야, 티아! 그리고 지뢰는 금지다?!"

"마키이, 저느은, 어쩌면 안 나가는 게에, 과거의 영광을 지키는 길일지도 몰라요오."

"또 한심한 소리를……너에겐 이기겠다는 기개가 없는 거야?"

"올해는 사쿠라바 선배도 없으니까아, 무리라고 생각하는 걸요오."

"저는 이러니저러니 해도 키이가 우승할 거로 예상하여요."

"제 생각도 그래요, 클란 전하. 종합적인 능력을 따져보면 키리하 님이 한 발짝 리드하실 것 같습니다."

"승부라는 것은 좀처럼 뜻대로 안 풀리는 법이야. 그렇기에 즐거운 거지만."

유리카를 뺀 나머지 인원은 의욕적이었다. 하지만 2년 전과 다르게, 그 의욕에는 영토 쟁탈— 즉 타인을 배제하려는 뜻은 담겨 있지 않았다. 그와 정반대인『다 같이 즐기자』, 『다른 사람을 긍정하자』라는 의사만이 담겨 있었다. 그것만은 2년 전과 크게 달라진 부분이라고 할 수 있었다. 이리하여 코타로 일행은『클럽 활동 대항 장애물 마라톤』에 다시 참가하게 되었다.

　코타로 일행이 교무실에 도착한 것은 교실에서 나와 10분이 지난 후였다. 도중에 나르파 일행과 마주쳐서 다소 시간이 걸렸지만, 원래부터 방과 후 청소를 염두에 두고 호출한 것이었기 때문에 그래도 호출한 사람의 예상보다 빠르게 도착했다.

　"마츠자카 선생님!"

　"오오. 어서 와라, 사토미. 그럼 얼른 갈까?"

　코타로 일행을 호출한 건 선레인저인 켄이치였다. 켄이치는 자리에서 일어나 교무실 출구로 향했다. 코타로 일행도 그 뒤를 따랐다. 호출받았을 때 대충 예상하긴 했지만, 그의 목적지는 교내의 여러 자료실 중 하나였다.

　"사토미 군!"

　코타로 일행이 자료실에 들어가자 하루미가 기다리고 있

었다. 그녀는 코타로를 보자 자리에서 일어나 가까이 다가왔다.

"사쿠라바 선배도 와 계셨군요."

"네. 메구미 씨가 연락하셨거든요."

"그렇다면 긴급 사태는 아니지만, 중대 안건이라는 뜻인가."

하루미는 얼마 전부터 선레인저 일행의 마법 관련 자문가로 활동하게 됐다. 가끔 시즈카나 마키도 가담하곤 했지만, 주도하는 사람은 어디까지나 하루미다. 역시 인망이 있고 사려 깊다는 점에서는 하루미가 제일이었다. 그런 그녀까지 불렀다는 것은 그런 규모의 이야기라는 방증이다. 그렇다면 포르트제와 지저, 마법 세계에도 영향을 미치는 화제라고 생각하는 게 자연스러웠다.

"유감스럽게도 그렇습니다. 일부러 불러서 죄송합니다."

켄이치는 자료실 — 을 개조해서 만든 선레인저 비밀기지 — 에 들어선 순간부터 코타로에 대한 말투를 원래대로 되돌렸다. 그들은 원래 코타로를 존경하기도 했지만, 현재 코타로는 포르트제 정부 관계자로 활동하고 있으니 결례를 범할 수는 없었다.

포르트제의 현 황제 엘파리아는 지구에서 반달리온 일파의 잔존 세력이 암약한다는 사실을 무겁게 보고, 코타로 앞이 아니라 청기사 앞으로 정식 협력 요청을 보냈다. 코타로는 그 요청을 수락하여 포르트제측 인사로 행동을 개시했다.

포르트제와 마법 세계, 대지의 백성은 모두 코타로의 행동 결과에 크게 영향받았으니 코타로로서는 자신과 무관하다고 말하기 힘들었다. 뿐만 아니라 2천 년 전에 알라이아가 필사적으로 지켜내려 했던 존재였다. 그리고 무엇보다도 늘 코타로에게 미소를 보내주는 소녀들이 그러한 일의 당사자인 이상 잠자코 지켜보기만 할 수는 없었다.

『……어째서 하나부터 열까지 엘의 의도대로 흘러가는 게 미묘하게 마음에 안 들긴 하지만.』

『아무리 엘파리아 씨라고 해도 반달리온 일파의 암약이 기쁠 리가 없사와요.』

『음. 어마마마는 넘어졌을 때 그냥 일어나지는 않으시니라. 반달리온 일파의 만행을 최대한 이용해서 그대를 포르트제에 붙들어 놓으려는 심산이시겠지. 그러면 국민들의 불안이 완화될 뿐만 아니라 기대에도 부응할 수 있게 되니까. 말하자면, 그래. 일석이조인 셈이니라.』

『하여간 머리를 참 잘 굴린다니까. 전혀 불평할 구실이 없다는 점이 제일 짜증나.』

『이번 건도 그렇지만, 2년 전에는 티아 전하를 맡기셨죠. 폐하께서는 제일 중요한 일은 항상 각하께 맡기고 계십니다. 그만큼 폐하께서도 이번 건이 불안하신 거겠지요.』

『그리고…… 그대는 포르트제만이 아니라 우리 대지의 백성, 그리고 마키와 유리카를 비롯한 포르사리아 마법왕국을 내버려 둘 수 없지. 단념하고 순순히 받아들이는 게 좋을 거다, 사토미 코타로.』

『……여기서 내가 No, 라고 대답하면 악당이 되겠지…….』

이렇게 코타로는 티아, 클란과 마찬가지로 포르트제측 책임자 중 하나가 되었다. 결과적으로 코타로는 지구와 포르트제 사이의 가교인 셈이었으니, 선레인저로서는 무슨 일이 있어도 양호한 관계를 유지하고 싶은 상대라고 할 수 있다. 보조를 맞춰서 행동해야 좋은 결과를 얻을 수 있다는 건 명백했다.

"그래서, 구체적으로는 무슨 일로 부른 거야?"

코타로는 자료실에 준비된 자리에 앉자마자 본론으로 들어갔다. 중요한 용건임을 알았으니 여유를 부릴 생각은 없었다.

"지난 번에 회수하지 못한 부품의 행방에 대해 알아낸 게 있습니다."

오늘 의제는 저번 전투 결과로 생긴 문제의 후속 보고였다. 당시 전투 막바지에 접어들었을 때, 반달리온 일파 잔당은 자동 조종 전투정을 자폭시켰다. 목적은 부품을 불특정 다수의 지구인에게 퍼뜨리는 것. 그렇게 혼란을 유발하여 포르트제의 감시를 분산시키는 동시에 지구와의 관계를 악화시키고, 그 틈을 찔러서 청기사가 지닌 힘의 비밀 — 그들은 아직 모르지만, 요컨대 마법과 영자력 — 을 해명하는 게 그들의 최종적인 목표였다.

자폭한 전투정의 부품은 이미 약 80퍼센트 정도 회수했다. 그러나 문제는 나머지인데, 그것들은 제삼자가 가져간 것으로 보였다. 그 부품들에 대한 추가 정보를 전달하기 위해서 선레인저는 코타로와 소녀들을 부른 것이었다.

"자세히 설명해줘."

"네. 일본은 오랫동안 해외 지원을 해왔기 때문에 빼앗긴 물자, 기술 등이 어떻게 되는지에 관한 정보가 많이 축적되어 있습니다. 그걸 이번 케이스에 적용해서 흔적을 추적해 봤고, 몇 가지 부품을 회수하는 데 성공했습니다."

일본은 보유한 외화 — 안이하게 일본 엔화로 환전하면 환율이 크게 변동하는 탓에 외국 통화 그대로 보유 중인, 국내 경제에는 투입하기 힘든 자금 — 를 쓰기 위해 경제적, 기술적으로 지원하고 있다. 그러한 지원 정책은 대부분 문제없이 작동하지만, 개중에는 물자나 기술이 부정 유출되는 케이스가 있다. 그런 사례를 참고해서 선레인저들은 부품이 어떻게 되었는지 한발 빨리 예상할 수 있었다.

"대단한데, 선레인저! 대체 어떻게 한 거야?!"

"우선 블랙마켓을 조사했습니다. 거기에 대규모 감시망을 펼쳤죠."

유출된 지원 물자는 대부분 불법적으로 팔려 나간다. 그에 맞춰 생각하면, 손에 넣은 전투정 부품을 팔아치우려 하는 이가 나타날 가능성은 컸다. 그래서 선레인저 일행은 각

방면에 협력을 타진하고 불법 매매를 예의 주시했다. 포르트제 기술은 당연히 거래 가액이 클 테니 돈의 흐름을 추적해서 몇 개의 거래를 발견하는 데 성공했다. 그 후로는 현장을 확보하고 부품을 압수했다.

"……손에 넣은 것까진 좋았지만, 감당할 능력이 안 되는 자들은 팔 수밖에 없을 테니까."

이야기를 듣고 있던 키리하가 고개를 크게 끄덕였다. 키리하도 선레인저의 발상이 옳다고 생각했다.

"정확하게 보셨습니다, 블랙로즈 씨. 개중에는 포르트제 기술이라는 것도 모르고 인터넷 경매에 출품한 건까지 있더군요."

"그건 감당하지 못한 자의 가장 큰 예시로군."

키리하는 쓴웃음을 지었다. 만약 포르트제 기술을 손에 넣는다 해도 그걸 다룰 기술이 없다면 다른 이에게 팔아넘길 수밖에 없다. 안 그러면 보물을 썩히는 꼴이니 어찌 보면 필연이라고 할 수 있을 것이다.

"하지만 문제는 감당할 능력을 가진 자들이지. 그쪽에는 어떻게 대처했지?"

"이미 몇 가지 수를 써 뒀습니다. 우선 국외로 반출하지 못하게끔 세관과 해상보안청 등에 경계를 강화하라고 지시했습니다. 그리고 포르트제 기술을 분석하려면 강력한 컴퓨터가 필요할 테니까 그것들을 보유한 기업, 집단의 동향을 추적하면서 새로 구입하려는 움직임도 예의 확인하고 있죠. 동시에 세계적으로 우수한 과학자, 기술자도 필요할 테니 그런 인재의 동향도 주시하고 있습니다."

얼마 전부터 시행된 포르트제 특별법으로 인해 전투정 부품을 국외로 반출하는 건 어려워졌다. 그러니 일본 국내에서 기술을 분석할 수밖에 없는데, 그러려면 강력한 컴퓨터와 우수한 인재가 필요하므로 그러한 것들의 동향에 주목하면 발견할 수 있을 것이라고 선레인저는 생각하고 있었다.

"키리하 씨가 보기엔 어때?"

설명을 들은 코타로는 키리하 쪽으로 시선을 옮겼다. 코타로가 듣기에는 선레인저의 이야기가 맞는 것 같았다. 하지만 이럴 때는 키리하의 의견도 듣고 싶었다. 그녀는 크게 고개를 끄덕이며 입을 열었다.

"타당한 판단이다. 국내에서 부품이 이동하는 것 자체는 막을 수 없으니, 분석 쪽을 타깃으로 삼는 건 적절하다고 볼 수 있어."

모든 사람의 화물을 체크하거나, 모든 자동차를 검문하는 건 현실적이지 않다. 그렇다면 기술 격차 자체를 타깃으로 삼는 게 효과적이다. 격차를 줄이기 위한 인재나 설비는 한정적이기 때문이다. 키리하도 선레인저의 생각이 옳다고 느꼈다.

"실제로 이미 몇몇 부품의 발자취를 파악했습니다."

"문제가 있다고 한다면, 잠시 기다리자는 냉정한 판단을 하는 자가 나올 거라는 점이로군. 끈기 있게 수사를 지속해서 추후 활동하는 걸 봉쇄할 필요가 있을 거야."

물론 선레인저의 수사 방법에도 허점은 있었다. 이때 키리하가 지적한 건 그 일례였다. 부품을 손에 넣자마자 움직이지 않고 잠시 뜸을 들인 후에 활동한다면 통상적인 업무 확장처럼 보일 것이다. 또, 시간을 들여 서서히 인재 및 설비를 갖춘다면 선레인저가 포착하기 쉽지 않을 터다.

비단 이 이야기에 국한하지 않고 키리하는 선레인저의 수사 방법이 가진 문제점을 조목조목 설명했다. 그것들은 코타로나 다른 소녀들이 쉽게 따라갈 수 없는 차원의 이야기였기 때문에 거의 키리하와 선레인저만 대화를 나누었다. 일부 기술적인 분야에 관해서 클란, 루스가 조언하는 정도였다.

"키리하 씨가 얘기하는 내용으을, 하나도 못 알아듣겠어요오."

"코타로, 코타로. 결정의 점결함과 전위라는 건 어디 외계어야?"

"나라고 알겠냐. 그런 건 저쪽에 물어보라고."

"간단히 말하자면 금속 등의 결정이 이론대로의 강도를 갖지 못하는 이유를 얘기하는 것이어요."

"……안경순이의 설명도 잘 이해가 안 돼."

"사나에 님. 금속은 원래 더욱 튼튼하지만, 평소에는 그걸 제대로 이용하지 못하고 있어요. 그리고 그걸 개선하기 위한 이야기와 수사 방법이 서로 연관이 있는 거예요."

"겨우 알겠네. 그런 얘기였구나."

"사토미 군, 키리하 양이 있어서 정말 다행이네요. 클란 양이나 루스 씨도 그렇지만……."

마키는 그렇게 말하며 키리하와 선레인저 쪽을 보았다. 도저히 자신이 끼어들 수 있는 분야가 아니다― 마키는 쓴웃음을 지으며 그렇게 생각했다.

"저 세 사람이 없으면 우리는 평범한 고등학생이니까."

"소녀는 평범한 황녀이니라."

"그래, 그래. 알았다, 알았어."

티아의 농담에 분위기가 다소 풀어졌지만, 코타로는 마키가 한 말을 무겁게 받아들였다.

'우리는 키리하 씨, 루스 씨, 클란, 이 세 명이 없으면 나아가야 할 길을 잃게 될 거야. 그건 위험해. 사나에가 알아차려서 다행이야…….'

유리카는 강력한 마법을 사용하고, 티아의 전투 능력은 손꼽히게 뛰어나다. 그러나 그녀들이 활약할 수 있는 건 키리하, 루스, 클란 세 사람이 명쾌하게 길을 제시해주는 덕분이다. 그게 없으면 그들은 그저 힘만 센 미아에 불과하다. 아무리 강하더라도 적을 분간하지 못하면 의미가 없다. 코타로는 그 점을 지금 강하게 깨달았다.

"……클란, 루스 씨."

"무슨 일이죠? 그런 표정을 짓다니."

"각하?"

"그리고 키리하 씨에게도 부탁할게. 세 사람이 먼저 쓰러지면 모두가 위기에 빠지게 돼. 앞으로는 절대 무리하지 말아줘."

"……상황은 잘 알고 있사와요."

"걱정하지 마세요, 각하."

"제일 불안한 게 루스 씨입니다. 직책도 수호 기사고요."

루스의 이름에는 수호 기사를 뜻하는 『나이』라는 칭호가 들어 있다. 그녀는 여차하면 그 칭호의 뜻을 따라 몸을 던져 티아와 코타로의 방패가 될 것이다. 그러나 지금은 그렇게 하는 게 결과적으로 코타로 일행의 위기를 초래한다. 그것은 그가 바라는 바가 아니었다.

"안심하세요. 결코 각하를 홀로 남기지는 않을 거예요. 계속 곁에 있겠습니다. 각하께서 무엇을 가장 걱정하고 계시는지, 이제는 잘 알고 있으니까요."

루스는 코타로의 말에 미소 지으며 대답했다. 그녀는 반드시 그가 제일 두려워하는 고독으로부터 코타로를 지킬 것이다. 그러려면 섣불리 몸을 던지지 않아야 하며, 애초에 그래야 하는 상황 자체가 일어나지 않게 해야 할 것이다. 그러면 결과적으로 코타로의 요망에도 따를 수 있게 될 터다. 루스의 미소 뒤에는 그런 따스하고도 강한 마음이 숨겨져 있었다. 그것을 알아차린 코타로는 낯이 뜨거워지는 걸 느끼고 루스에게서 시선을 돌렸다.

"그, 그렇다면 안심이지만요……."

"후후후……."

코타로 일행의 이야기는 거기서 끝났다. 그러나 키리하와 선레인저의 이야기는 계속됐다. 그쪽은 그렇게 간단히 끝날 이야기가 아니었다.

'명백하게 싸움의 질이 바뀌었어…….'

하루미는 이때 코타로의 이야기와 키리하의 이야기, 그 양쪽에 공통되는 점이 있음을 깨달았다. 그것은 싸움의 양상이 크게 변화했기 때문에 필요해진 이야기라는 점이었다.

생각해보면 처음에는 개개인의 실랑이로 시작했다. 그러다가 이윽고 힘을 합쳐 적을 물리치게 됐고, 규모가 확대되다가 마침내 큰 전쟁에 뛰어들었다. 그러나 그때까지는 항상 종착점이 보였다. 특정 적을 쓰러뜨리거나, 어떤 물품을 손에 넣으면 끝난다는 알기 쉬운 종착점이 있었다. 그러나 이번 싸움은 다르다. 지금 그들이 상대하는 건 모습이 보이지 않는 막연한 상대다. 심지어 그 적을 쓰러뜨려도 끝나지 않을지도 모른다. 반달리온 일파의 잔당조차 그저 여러 적 중 하나에 불과하다. 이걸 해결하면 끝난다는 명확한 종착점이 보이지 않았다. 싸우는 방식도 정보 수집과 분석이 중심이 되었다. 그렇기에 코타로가 중심에 있는 키리하, 클란, 루스를 걱정하고, 키리하의 이야기가 길어지는 것이었다.

'이대로, 아무 일도 없으면 좋겠는데……'

언제까지 계속될지 알 수 없을뿐더러 규모조차 확실치 않은, 모습이 보이지 않는 적과의 싸움. 그것이 자신들의 생활에 그림자를 드리우고 있다. 하루미는 그것이 못 견디게 불안했다. 어느 날 갑자기 기습적으로 자신들의 미래를 잃을지도 모른다는 공포가 그녀의 가슴을 무겁게 짓눌렀다.

선레인저와의 회의를 마친 코타로 일행은 자료실에서 나와 저마다 소속한 클럽, 또는 연구회 부실로 향했다. 처음에 말했듯이 중대하긴 해도 한시를 다투는 사안은 아니었기 때문에, 일단 평소처럼 생활하기로 했다. 굳이 따지자면 현재 한시를 다투는 것은『클럽 활동 대항 장애물 마라톤』에 대한 대책이었다.

"……"

하루미는 뜨개질 연구회 부실 창문 옆에서 밖을 바라보고 있었다. 이미 5월이었기 때문에 바깥 풍경은 싱그러운 빛으로 충만했다. 그러나 그녀의 표정에서는 그와 상반되는 어두운 분위기가 감돌았다.

"사쿠라바 선배애, 무슨 일 있으세요오?"

유리카가 하루미 곁으로 다가갔다. 부실에는 하루미 외에 유리카와 코타로도 있었다. 웬일로 코타로보다 빠르게 하루미가 이상하다는 걸 알아차린 유리카는 걱정스레 말을 걸었다. 역시 하루미는 유리카에게 제일 소중한 친구였다.

"아뇨…… 아무것도 아니에요."

"그런 얼굴이 아닌데요오?"

"정말 별일 아니에요. 아까 이야기를 듣고 조금 걱정되긴 하지만……. 이번에 우리가 관여하게 된 사건에는 종착점이 보이지 않잖아요?"

"그런가요오? 저느은, 거의 항상 종착점이 안 보이니까아, 평소랑 다를 게 없어요오."

"니지노 양은 불안함과 어떻게 싸우고 있나요?"

"싸우지 않는데요오?"

"네?"

"저는 머리가 나빠서어, 아무리 생각해봐도 답을 못 찾거든요오. 그래서 그냥 사토미 씨랑 다른 사람들을 믿고 따르기로 했어요오."

"사토미 군과 다른 분들을……. 니지노 양은 강하군요."

"이래 봬도 명색이 사랑과 용기의 마법소녀이니까요오."

"그랬죠. 저도 니지노 양을 본받아야겠네요."

"네에, 그렇게 해주세요오!"

그런 두 소녀의 대화를, 코타로는『클럽 활동 대항 장애물 마라톤』관련 자료를 읽는 척하며 등 너머로 몰래 들었다.

'이제 유리카는 2년 전 그 녀석과는 다르구나……'

코타로도 일단은 하루미의 기색이 어둡다는 걸 알아차렸다. 그래서 유리카와 얘기한 뒤에도 그녀가 기운을 되찾지 못한다면 뭐라도 해봐야겠다고 생각했는데, 다행히도 하루미는 미소를 되찾았다.

'내가 나설 차례는 없었군…… 후후후……'

유리카에게 맡겨도 되겠다고 판단한 코타로는 한편으로 그게 기쁘기도 하고, 한편으로 다소 아쉽기도 했다. 그것은 손이 많이 가던 동생이 어느새 어른이 되었음을 느낀 오빠의 심경에 가까울지도 모른다. 어쨌거나 코타로는 읽는 척하던 장애물 마라톤 관련 자료를 제대로 읽기 시작했다. 참가 인원은 올해도 클럽마다 두 명. 하루미는 졸업했으니 응원을 맡고, 올해는 코타로와 유리카 둘이 참가하게 될 것 같았다.

"참고로 사토미 씨느은, 눈치 못 챈 척하고 있을 뿐이고오, 사실은 사쿠라바 선배가 기운이 없다는 걸 알고 있어요오."

"그래요?"

"아까 이쪽을 슬쩍 쳐다봤으니까아, 틀림없어요오. 그러니까 사쿠라바 선배애, 지금이라면 마음껏 어리광부릴 수 있답니다아?"

"후훗, 힘내볼게요."

코타로는 당연히 그 대화도 들었지만 반응하지 않고 묵묵히 자료를 읽었다. 무슨 말을 해야 할지 몰랐을뿐더러, 새삼스럽게 대화에 끼어드는 것도 겸연쩍었다.

—끼익.

코타로 바로 왼쪽에서 파이프 의자가 소리를 냈다.

"……미안해요, 사토미 군. 조금만, 기운을 나눠주세요."

하루미는 코타로의 어깨에 소리없이 머리를 기댔다. 동시에 코타로의 무릎 위에 오른손을 얹었다. 그녀의 손목에 매인 하얗고 파란 리본이 떨리고 있었다.

'어, 음…….'

코타로는 고민하기 시작했다. 맨 먼저 번뜩 떠오른 건 하루미 곁에서 떨어지자는 생각. 코타로는 예전의 자신이 하기 십상이었던 그 나쁜 생각을 머리 구석으로 치운 다음 다양한 대응을 검토했다. 그리고 수십 초간 열심히 고민한 코타로는 「이래도 되는 걸까」 하고 수차례 자문하면서 무릎 위에 있는 하루미의 손을 쥐었다. 그러자 하루미는 그 가느다란 손가락을 코타로의 손가락에 얽으며 힘껏 맞잡았다.

"에헤헤헤. 사토미 씨도오, 사쿠라바 선배도오, 참 잘하셨어요오. 에헤헤헤헤."

"……바보."

"네에. 그치만, 그치마안, 칭찬받을 자격이 있는 바보라고 생각해요오."

"……그렇군. 유리카, 네 말이 맞아."

"에헤헤헤헤에."

그리고 마지막으로, 코타로는 비어 있는 오른손으로 유리카의 머리를 쓰다듬었다. 결국 이날은 마라톤 대책을 세우지는 못했지만, 대신에 뜨개질 연구회의 멋진 팀워크를 다시금 확인할 수 있었다.

원래 뜨개질 연구회에는 다른 회원 두 명이 더 있다. 바로 나르파와 코토리다. 다만 이날은 코타로 일행이 자료실에 간 관계로 두 사람은 자신들이 소속한 다른 부 쪽에 출석했다. 바로 사진부였다.

"알았어. 너희 둘이 『클럽 활동 대항 장애물 마라톤』에 나가도록 해."

나르파는 사진부 부장에게 코토리와 함께 장애물 마라톤에 참가하고 싶다는 말을 꺼냈다. 물론 1학년 신입 부원이므로 퇴짜맞을 가능성도 크다고 생각했지만, 다행히도 부장은 흔쾌히 허락해주었다. 흥분한 나르파는 눈을 빛내면서 몸을 쭉 내밀고 부장의 의사를 재차 확인했다.

"정말 나가도 되나요?!"

"응, 상관없어. 우린 사진부잖아? 그래서 예전부터 체육대회가 열리면 촬영팀으로 활동했거든. 요 몇 년간 『클럽 활동 대항 장애물 마라톤』에는 아예 참가도 안 했어. 그걸 촬영하고 전시하는 게 우리 활동을 홍보하는 데 훨씬 도움 되니까."

"듣고 보니 그렇겠네요. 저도 촬영하고 싶은 마음도 크거든요."

애초에 사진부는 활동 성질상 『클럽 활동 대항 장애물 마라톤』에 참가하지 않았다. 엄밀하게 따지자면 홍보 차원에서 출발선에 선 선배들이 있긴 하지만, 착실하게 경기를 완수한 예는 거의 없다. 그런 연유로 최근에는 출전 명단이 계속 비어 있었다. 따라서 나르파와 코토리가 명단을 채우는 것에는 아무 문제가 없었다.

"그리고 이번에는 상황이 좀 특별하잖아. 나르파가 사진부에 가입한 걸 어필하면 가입 희망자가 늘어날지도 몰라. 그러니 나르파랑 마츠다이라가 참가하고, 우리는 기존대로 촬영하는 게 최선의 결과를 낳을 거라고 보거든."

그리고 뜨개질 연구회처럼 후계자 문제를 안고 있는 사진부로서는, 나르파가 사진부에 소속한 사실을 안팎으로 어필함으로써 가입 희망자가 늘어나기를 기대했다. 간편히 사진을 찍을 수 있는 스마트폰이 널리 보급되면서 전문적인 카메라로 촬영하는 스타일은 서서히 사양길에 접어들었고, 그에 따라 사진부 부원도 줄어들기 시작했다. 그런 세태에 위기감을 느낀 사진부는 영상 제작 분야 쪽으로도 활동 영역을 넓히기 시작했지만, 그럼에도 부원은 꾸준히 감소하는 추세였다. 그러니 포르트제 유학생 나르파가 가입한 사실을 널리 알려서 부원을 늘리자는 발상을 떠올린 것이었다.

"제가 소속했다는 정도로 가입하는 사람이 늘어날까요?"

"지금이라면 늘어날걸? 가을에 후속 유학생이 오면 다른 부로 흩어져서 효과가 줄어들겠지만. 그리고 해서 손해 볼 것도 없잖아?"

"손해 볼 게 없다…… 그렇구나. 확실히 그럴지도 모르겠네요."

나르파는 자기 자신을 특별하다고 생각하지 않았다. 특별한 것은 차라리 티아나 코타로 쪽이지, 자신은 어디까지나 일반인일 뿐이라고 생각했기 때문에 사진부에 도움이 될 거라는 부장의 생각에는 회의적이었다. 다만 애초에 출전 명단이 비어 있는 데다가 딱히 사진부가 손해보는 것도 아니었으니 나르파는 눈치 볼 필요가 없겠다고 생각하기 시작했다.

"그러면, 사진부를 위해서 코토리와 함께 열심히 하겠습니다!"

"아, 음, 열심히 할게요."

그제야 겨우 코토리가 화제에 끼어들었다. 사진부에서도

낯가림이 작렬한 코토리는 이제까지 나르파에게 대화를 일임하고 살짝 뒤로 물러나서 묵묵히 서 있었다. 마음 같아서는 핸드폰 화면 속으로 도망치고 싶었지만, 아무리 그래도 선배 부원 앞에서 그럴 수는 없었다. 그런 코토리가 필사적으로 쥐어짜낸 말이 「열심히 할게요」라는 한마디였다.

"안 이겨도 되니까, 최선을 다해서 눈에 띄어줘."

"저도 그런 마음으로 임하려고요. 어차피 최선을 다해도 4위, 5위 정도가 한계일 것 같거든요."

"예상 순위가 꽤 구체적이네?"

"티아 님 일행에겐 못 이길 테니까요."

"그 애는 특별하니까…… 올해 체육대회는 삼관왕을 노린다는 얘기도 있고."

"그분답네요. 후후후."

티아가 포르트제 황족이라는 소문은 서서히 퍼지고 있었다. 하지만 티아가 지난 2년 동안 킷쇼하루카제 고등학교에 남긴 온갖 전설 덕분에, 소문이 퍼져도 그녀에 대한 평가는 거의 변하지 않았다. 역시 티아의 됨됨이가 이미 널리 알려진 덕이 컸다.

"코토리, 함께 힘내요!"

"응. 운동은 별로 자신 없지만……."

"저 혼자서는 문제를 못 푸니까, 자신을 가져요!"

"고마워, 나르. 나도 힘닿는 데까지 최선을 다할게!"

운동 능력은 뛰어나지만 부주의로 인한 실수가 잦고, 일본과 지구에 관련된 퀴즈 등을 잘 모르는 나르파. 낯가림이 심하고 운동 능력에 약점이 있는 대신에 견실하고 똑똑한 코토리. 이 두 명이 서로 결점을 채워주면 의외로 좋은 성적을 거둘 수 있지 않을까— 두 사람이 대화하는 모습을 보며 사진부 부장은 그렇게 생각했다.

유리카가 뜨개질 연구회 회장이 되자, 코스프레 연구회는 가장 유력한 차기 회장 후보를 잃었다고 낙담했다. 그러나 어느 순간 그녀들은 깨달았다. 과연 니지노 유리카가 회장이라는 중책을 맡을 능력이 될까? 이벤트 계획, 회원들을 재촉해서 의상 만들기, 예산 편성, 학생회와의 교섭, 기타 등등…….『무리 아냐?』—그런 생각이 그녀들을 구원했다. 그리하여 코스연의 새 회장은 노력가로 평판이 좋던 부회장이 승격해서 맡게 되었다. 이 사건은 흥과 재능만을 보고 새 회장을 결정하면 안 된다는 교훈을 남겼다.

"근데『클럽 활동 대항 장애물 마라톤』만큼은 흥과 재능으로 결정하는 게 맞다고 봐!"

이렇듯 새롭게 출발한 신생 코스연은 곧바로 어떤 문제에 봉착했다. 다름 아닌『클럽 활동 대항 장애물 마라톤』에 참가할 사람이 없다는 것. 정확히 말하자면, 한 명은 마키로 결정됐지만 다른 한 명을 아직 못 정한 상태였다. 유리카의 빈자리를 메울 만한 인재를 연구회 내에서는 찾을 수 없었다. 사진부와 마찬가지로 코스연에게도 『클럽 활동 대항 장애물 마라톤』은 순위가 크게 중요하지 않은 홍보의 무대다. 지금이야말로 유리카의 힘이 필요한 때였다. 그러나 그녀는 뜨개질 연구회 회장이 되고 말았다. 연구회이니까 겸임 OK라는 규칙이 화근이 된 셈이었다.

"이렇게 된 이상 저랑 회장이 나갈 수밖에 없지 않을까요?"

마키가 참가하는 건 확정됐다. 마키에게는 코스프레 의상에 밀리지 않는 개성이 있다. 온화한 유리카와 정반대로 마키는 조금 쿨한 인상이기 때문에 그런 스타일로 꾸민다면 회원 중에서 제일 잘 어울린다. 그리고 마키 본인도 참가하길 원하고 있으니 코스연 측에도 마키 측에도 아무 문제가 없었는데―.

"문제는 내 쪽이야―! 아이카의 파트너를 맡기에는 밝은 느낌이 부족하다고 해야 하나……."

발목을 잡은 건 마키가 하는 코스프레의 뛰어난 완성도였다. 체력적인 면에서는 새 회장도 전혀 밀리지 않았다. 신체조부에서 동시에 활동하며 몸만들기에 여념이 없는 노력파였기 때문에 이 방면에서는 유리카보다 훨씬 뛰어났다. 그러나 문제는 패션이었다. 새 회장은 노력파라는 평가를 통해 알 수 있듯이, 군이 따지자면 금욕적이고 쿨한 타입이다. 따라서 코스프레를 하면 마키와 스타일이 겹쳐 콤비 코스프레의 이점을 살리기 어려웠다. 그녀는 유리카를 대신할 수 없었다.

"제가 밝은 쪽을 입을까요?"

"그래서는 지금 이대로 해도 크게 다를 게 없잖아."

"곤란하네요……."

"어디선가 솟아나주지 않으려나. 유리카에게 지지 않을 만큼 밝고, 태양 같은 여자애가……."

그만큼 유리카의 존재감은 너무나도 강했다. 그래서 그 대척점에 있는 마키를 쓴다는 발상을 떠올린 것이었는데, 유리카의 부재로 인해 모든 계획이 틀어지고 말았다. 코스연으로서는 머리를 싸맬 수밖에 없는 큰 문제였다.

콰앙!

"사정은 다 파악했다—!"

그때였다. 코스연 부실 문이 요란하게 열렸다. 거의 문을 부술 듯한 기세였는데, 문을 연 사람이 생각이 없다는 것을 무엇보다도 강하게 웅변했다.

"전부 나에게 맡기시라!"

코스연에 뛰어든 사람은 사나에였다. 기본적으로 『클럽 활동 대항 장애물 마라톤』에 참가하려면 부 또는 연구회에 소속돼 있어야 한다. 그러나 뜨개질 연구회는 코타로와 유리카가 참가하기로 해서 빈자리가 없다. 그래서 사나에는 원래 유리카가 참가했던 코스연으로 타깃을 바꾸었다. 귀여운 옷을 입을 수 있으니 사나에 취향에도 딱 맞았다.

"사랑과 용기의 마법소녀 기사! 히가시혼간 사나에, 등장!"

사나에는 부실에 들어가자마자 온몸으로 화려한 포즈를 취했다. 지금 그녀는 교복을 입고 애용하는 천사 날개 백팩을 메고 있을 뿐이었다. 하지만 근거 없이 강한 자신감이 받쳐주는 그 포즈는 무척 그럴싸해 보였다. 뿐만 아니라 포즈를 취할 때 무의미하게 방출된 강력한 영파는 그걸 느낄 능력이 없는 사람마저 압도했다.

"히가시혼간 양?!"

"솟아났어?!"

그리고 이 무의미한 자신감과 박력이야말로 현재 코스연에 가장 필요한 것이었다. 코스연 사람들은 사나에로부터 유리카의 존재감에 필적하는 강한 힘을 느꼈다. 그래서 회장은 소리 높여 외쳤다.

"합격!!"

"말 잘했어! 다들 잠자코 나를 따르라—!"

그것은 회장의 독단이 아니었다. 말로 꺼내지 않았을 뿐이지, 코스연 회원 모두가 이렇게 생각했다. 코스연에 구세주가 나타났다고.

'정말 괜찮으려나……'

불안하게 생각한 사람은 단 한 명. 다름 아닌 사나에를 잘 아는 마키였다. 마키는 그녀가 아무 생각 없을 확률이 크다는 걸 잘 알았다.

'─뭐, 그래도…… 재밌을 것 같으니까 괜찮겠지…….'

하지만 마키는 자신에게 걸핏하면 만사를 나쁜 방향으로 생각하는 안 좋은 버릇이 있다는 걸 알았다. 그래서 동료를 믿고 낙천적으로 생각하기로 했다.

요리 연구회의 경우에는 출전자를 정하는 것보다도 휴게소에서 제공할 음료와 간식, 그리고 빵 먹기 경기 구역에 내놓을 단팥빵 제작 쪽이 큰 문제였다. 출전자는 우승 후보로 꼽히는 시즈카가 올해도 낙점. 그리고 막 가입해서 아직 요리가 서투른 1학년이 참가하기로 빠르게 결정됐다. 그런고로 지금은 당일에 준비할 요리에 대해 회의하는 중이었다.

"학생회가 현시점에서 이미 40팀이 엔트리했다고 말했으니까 최종적으로는 예년을 상회할 것 같아. 그러니 빵 먹기 경기용 단팥빵은 넉넉하게 만드는 게 좋겠어."

올해부터 요리 연구회 회장을 맡게 된 시즈카는 한 손에 자료를 들고 회원들에게 현재 상황을 척척 설명했다. 처음에는 갈팡질팡하기도 했지만, 이제는 자신의 역할에 제법 익숙해졌다. 하루미와 상담한 것이 큰 도움이 되었다.

"왜 다른 때보다 참가 팀이 많은 걸까요?"

시즈카의 보고를 듣고 한 회원이 고개를 갸웃했다. 그러자 그녀와 함께 학생회 회의에 참석했던 부회장이 어깨를 으쓱하며 대답했다.

"가을에 유학생이 또 올 예정이잖아. 그 때에 대비해서 지금부터 시동을 거는 거야."

"아하, 말하자면 영역 싸움이 격화되는 거구나."

질문했던 소녀는 납득한 듯 고개를 주억거렸다. 킷쇼하루카제 고등학교는 클럽 활동을 중시하는 교풍이다. 그래서 원래 각 클럽은 공공연히 드러내진 않아도 내심 대항 의식을 품고 있었다. 그런데 올가을에 포르트제 유학생을 추가로 받기로 결정되면서 클럽 간에 라이벌 의식이 강해졌고, 숨겨져 있던 게 표면으로 드러났다. 모든 클럽이 유학생이 가입해주길 원하기 때문에 『클럽 활동 대항 장애물 마라톤에서 우승했다』라는 간판을 갖고 싶었다. 거기에 활약하는 모습을 나르파가 영상으로 찍어서 본국에 소개해준다면 금상첨화다. 유학생이 가입한다면 자연히 일본인 학생들도 가입을 희망하게 될 것이고, 전국적으로 이름을 떨칠 수도 있다. 그런 까닭에 체육대회의 여러 경기 중 하나에 불과했지만, 클럽 활동들의 열기는 상당한 수준이었다.

'─그래도 가입 희망자는 연극부, 뜨개질 연구회, 야구부

에 집중되겠지만…….'

부회장과 다른 회원이 하는 얘기를 들으면서 시즈카는 살짝 쓴웃음을 지었다. 티아 일행이 주도해서 청기사를 탄생시키는 원동력이 된 전설의 연극부. 알라이아에게 뜨개질을 가르친 적도 있다는 청기사가 소속된 뜨개질 연구회. 그리고 청기사가 사랑해마지않는 스포츠인 야구를 할 수 있는 야구부. 아무리 생각해봐도 유학생들의 관심은 그 세 곳에 집중될 것이다— 속사정을 아는 시즈카에게는 그 결과가 뻔히 보였지만, 그걸 곧이곧대로 말하는 건 많은 이들의 의욕에 찬물을 끼얹는 거나 다름없다. 그러니 가슴에 묻어 두고 잠자코 있자고 시즈카는 결심했다.

"회장, 우리도 유학생에게 어필할 준비를 해야 하지 않을까요?"

"후후후후, 그건 걱정하지 마. 나중에 나르가 우리 쪽에 취재하러 오기로 했거든. 역시 식문화는 저쪽에서도 관심이 높나 보더라고."

시즈카는 빈틈없이 손을 써두었다. 아니, 그렇다기보다는 양자의 이해가 일치했다는 표현이 맞을지도 모른다. 나르파는 일본의 식문화 취재와 관련해서 시즈카에게 상담했고, 그때 시즈카는 가을에 올 유학생에게 어떻게 어필할 것인지 고민하는 중이었다. 결과적으로 두 사람은 서로 윈윈할 수 있는 방법을 찾았으며, 그래서 나르파가 취재하러 오기로 결정됐다.

"이미 다른 루트로 손을 써뒀군요."

"응. 그러니 이번에는 우리가 맡은 일에만 집중하면 돼. 다들 열심히 해보자."

『네!』

회원들의 목소리가 깔끔하게 겹쳐졌다. 요리 연구회 회원들도 다른 클럽 활동에 대한 대항 의식을 품고 있긴 했지만, 시즈카가 선수를 쳐서 대책을 세운 덕분에 본래의 역할에 집중할 수 있게 됐다. 뒷바라지를 잘하는 시즈카의 진면목이 발휘되었다고 할 수 있었다.

키리하는 학교에 있는 동안에는 얌전하고 고상한 우등생 가면을 쓰고 있다. 그래서 클럽 활동— 육상부에도 착실하게 출석했다. 덕분에 2년 전보다 체력이 늘었으며, 심지어 두뇌도 그때 이상으로 명석해졌다. 문무겸비에 박차를 가했다고 할 수 있었다.

"야호~ 키리야!"

"오랜만이야, 쿠라노."

"타카하시 선배?! 카와시마 선배?!"

그런 키리하에게 뜻밖의 손님이 방문했다. 바로 작년 3월에 졸업한 선배, 타카하시와 카와시마였다. 키리하가 육상부로 활동하며 신세를 많이 진 사람이기 때문에, 설령 우등생 가면을 벗더라도 자연스럽게 공손하게 대할 상대였다.

"두 분 다 어쩐 일이세요?!"

"사랑하는 키리야가 얼마나 성장했나 확인하러 왔지~!"

"그게 아니잖아. 올해 『클럽 활동 대항 장애물 마라톤』이 흥미진진하다는 얘기를 듣고 어떤가 보러 왔어."

"소식이 빠르네요."

"왜 아무 얘기 안 한 거야~, 키리야—!"

"타카하시 얘기는 무시하고, 후배들이 곤경에 처하진 않았는지 보러 왔어. 솔직히 말하자면, 반은 재미있을 것 같아서지만."

"재미있을 것 같다……. 카와시마 선배도 대학생이 된 뒤로 타카하시 선배 같은 말씀을 하게 되셨네요."

"말이 너무 심하네! 그래도 뭐, 포르트제 피버라면 그렇게 되는 게 당연하지."

"확실히 지금은 학교 전체가 그런 분위기이긴 해요."

두 사람이 온 이유는 킷쇼하루카제 고등학교가 이상한 열기로 들끓고 있다는 소식을 들었기 때문이다. 『장애물 마라톤』은 매년 뜨겁긴 했지만, 올해는 포르트제의 방문으로 인해 유례없는 열기를 보이고 있었다. 그러니 상황을 확인하는 김에 겸사겸사 후배들을 도와주자는 흥미 반 선의 반으로 온 것이었다.

"근데 키리야, 멤버 선발은 어떻게 됐어?"

"한 명은 당연히 쿠라노로 정했겠지?"

"육상부의 전통적인 작전을 계속 쓰느냐 마느냐로 의견이 다소 갈리고 있어요."

학업 성적이 우수하며 육상 경기에서도 좋은 성적을 내는 키리하는 여자 육상부 회의에서 거의 만장일치로 참가가 결정됐다. 문제는 나머지 한 명이었다. 육상부의 전통적인 작전은 순수하게 각력 자체가 뛰어난 육체파 부원과 두뇌파 중에서 가장 빠른 부원이 콤비로 출전하는 것이었다. 이 경우 키리하는 후자에 해당된다. 그러니 다른 한 명은 육체파를 뽑아야 하는데, 거기에서 의견이 갈리게 됐다. 이번처럼 절대 패배를 용납할 수 없는 특수한 상황에서는 기존 작전을 포기하고 다른 한 명도 두뇌파를 뽑는 게 낫지 않을까—그런 의견이 대두했다.

"뭐어? 역사와 전통을 자랑하는 『머리까지 근육』 작전을 안 쓰겠다는 거야?!"

키리하의 얘기를 듣고 타카하시는 크게 낙담했다. 애초에 머리까지 근육 작전의 본질은 스타트 직후에 육체파가 독주하는 것에 의의가 있었다. 그렇게 함으로써 육상부가 여기에 있다고 알기 쉽게 어필할 수 있기 때문이다. 그리고 최종적인 순위는 두뇌파에게 맡겼다. 경기 도중 장애물로 퀴즈

나 수학 문제도 출제되므로 육상부에게는 이보다 더 확실한 편성이 없었다. 타카하시는 이 전통적인 방식으로 활약한 사람이라서 그 작전을 포기하겠다는 얘기를 듣고 크게 낙담했다.

"그렇구나. 어필을 포기하는 대신에 확실하게 승리를 노리 겠단 말이지⋯⋯. 이해 안 되는 건 아냐."

그와 반대로 카와시마는 납득한 것처럼 고개를 크게 끄덕였다. 사실 올해에 한해서는 육상부의 전통적인 작전이 효과적이지 않을 공산이 컸다. 존재감 어필 방면으로는 이미 유학생을 가진 클럽을 이길 수 없을 테니까. 그들은 유학생을 동원해서 확실하게 어필할 게 분명했다. 그러니 스타트 직후에 독주하는 정도로 그 주목도를 능가할 수 있을 것 같지는 않았다. 그렇다면 확실하게 승리해서 시상대에 올라가는 게 정답 아닐까— 그런 생각이 고개를 드는 것은 당연했다.

"그렇다면 두뇌파의 다리가 문제가 되겠네."

"그것 때문에 의견이 좀처럼 통일되지 있어요. 이걸 봐 주세요."

키리하는 갖고 있던 자료를 카와시마에게 건넸다.

"어디 보자."

"나도 보여줘."

카와시마와 타카하시는 머리를 맞대다시피 한 채로 함께 자료를 들여다봤다. 그 자료에는 여자 육상부원의 이름과

달리기 기록, 그리고 학력 순위가 적혀 있었다.

"아하…… 확실히 골치 아프네."

"카와야, 왜 골치가 아파?"

"너도 알 수 있게 설명하자면, 문무를 겸비한 부원이 없어."

"밥통이랑 굼벵이뿐이라는 거야?"

"그 정도로 심한 건 아닌데, 그렇게 이해해도 문제는 없어."

"심각하잖아!"

현재 여자 육상부는 능력의 편중 때문에 고민하고 있었다. 쉽게 말해서 두뇌와 운동 능력 함께 80점인 사람이 필요한데 운동 능력은 90점이지만 두뇌는 50점, 혹은 그와 반대되는 인재밖에 없었다.

"이번 같은 경우엔 어떤 능력에 더 무게를 두느냐가 관건이겠구나. 쿠라노, 어떻게 할 거야?"

"현재 여자 육상부 인맥을 총동원해서 다른 클럽들의 작전을 알아보는 중이에요. 그 결과를 보고 우리 작전을 정하기로 했죠."

우승 후보로 꼽히는 클럽 활동은 여러 개 있지만, 그들의 작전을 사전에 알아낸다면 누구를 내보내는 게 적합할지 결정할 수 있게 된다. 정보를 지배하는 자가 전쟁에서 승리하는 법. 키리하의 전쟁은 이미 시작됐다.

"역시 내 키리야! 빈틈이 없구나!"

"후후, 우리가 나설 차례는 없었구나……. 기쁘기도 하고,

슬프기도 하네……."

키리하의 힘찬 대답을 듣자 두 사람에게 미소가 돌아왔다. 후배들이 자신들의 힘으로 앞으로 나아가게 된 것은 기쁜 일이다. 그래도 조금은 의지해줬으면 하는 마음도 있었다. 언제까지나 귀여운 후배로 있어주길 바랐다. 그러나 이제는 후배들의 시대다— 그걸 실감한 두 사람은 키리하와 후배들을 믿고 응원에 전념하기로 했다.

킷쇼하루카제 고등학교에 있는 포르트제 유학생은 나르파한 명만이 아니다. 정체를 밝힌 티아와 루스 또한 포르트제 유학생이다. 당연히 클럽 활동에서는 그 존재를 최대한 활용하기 위해 두 사람을 『클럽 활동 대항 장애물 마라톤』에 내보낼 생각이었다.

"좋아, 알았다! 큰 배에 올라탄 기분으로 마음 푹 놓거라!"

"기꺼이 맡도록 하겠습니다."

"둘 다 잘 부탁해. 이건 우리 연극부가 크게 약진할 기회야!"

티아와 루스는 연극부 소속이었다. 엄밀히 따지자면 두 사람은 응원단에도 소속돼 있지만, 유령부원이 된 지 오래였다. 인맥도 끊겼으니 이제는 순수히 연극부원이라고 해도 무방하리라. 두 사람은 현 부장의 애원에 가까운 부탁을 받고 『클럽 활동 대항 장애물 마라톤』에 참가하게 됐다. 이는 티아와 루스에게도 바라던 일이었다. 코로나장 주민들과 함께 참가하기로 한 참이었으니 쌍수를 들고 환영할 이야기였다. 다만 다소 마음에 걸리는 점이 있긴 했다.

"정말 소녀들만 나가도 괜찮겠느냐? 맥켄지도 있는데 말이지."

연극부에는 켄지가 있다. 켄지는 운동을 잘하고 머리도 좋으니 장애물 마라톤에 제격인 인재라고 할 수 있다. 그래서 그를 밀어내고 참가하는 것에 적잖은 의문이 있었다.

"켄지 군은 렌탈 이적 중이야."

"렌탈 이적? 무슨 뜻이냐?"

"우리랑 협력 관계에 있는 클럽 활동이 몇 개 있다는 건 알지?"

"음. 코스연과 수예부가 의상 제작 등을 돕고 있지. 그 외에 신문부, 음악부 등도 협력적이었고."

연극부만으로는 한계가 있는 분야— 예를 들어 의상 제작과 홍보, 음향 기술 등의 분야에서 연극부는 여러 클럽들과 협력 관계에 있다. 지금까지 그런 클럽과 힘을 합쳐서 큰일을 이룩해왔다. 청기사 연극이 그중 하나라고 할 수 있었다.

"그런 클럽 활동에는 꼭 운동을 잘하는 사람만 있는 게 아니거든. 규모가 작은 곳도 있고."

"아하. 그래서 맥켄지가 렌탈 이적을 하게 된 게로군."

"맞아. 이번에는 우리가 사람을 빌려주기로 했어. 우리에 겐 티아랑 루스가 있으니까, 다른 인재들은 다들 렌탈 이적 예정이야."

"그럼 맥켄지 님은 수예부 등에서 새로운 의상을 입으시 겠군요."

"정답이야, 루스. 그 방면 클럽 활동에는 잘생기고 예쁜 사람을 파견했지."

연극부는 비교적 인원이 많은 편인데, 연극의 평판 덕분 에 부원이 더욱 늘어났다. 결과적으로 장애물 마라톤에 알 맞은 인재도 한두 명이 아니었다. 그런 부원들은 협력 관계 에 있는 다른 클럽 활동에 파견했다. 그런 클럽 활동은 규 모가 작은 곳이 많았으니 고마운 지원이었다.

"그러니 올해 우리 부에서는 티아랑 루스가 나가도 괜찮 아. 능력도 충분하고, 청기사 연극의 원안은 포르트제의 전 설이지? 오히려 이 타이밍에 안 나가면 어쩔 건데, 라는 느 낌이 들어."

연극부 대표로 티아와 루스를 뽑은 이유는 물론 어필하기 위해서다. 화제의 포르트제인을 대표로 내보내면 교내에 대 한 어필은 충분할뿐더러 가을에 올 포르트제인 유학생에게 도 어필할 수 있다. 연극부 부장도 티아가 황녀라는 소문은 알고 있다. 그걸 제하더라도『이미 포르트제인이 가입했습니 다』라는 점이 마이너스가 되진 않을 것이다.

"그래, 알았다. 그런 사정이라면 소녀도 납득이 되는구나! 공존공영을 이룩하기 위해서 최선을 다하겠다!"

사정을 듣고 납득한 티아는 눈을 반짝이며 힘차게 선언했다. 이제까지 많은 일을 겪으며 주변 사람들을 배려하는 법을 터득한 티아는 사정을 정확히 파악하기 전까지는 내키지 않는 구석도 있었다. 그러나 지금은 달랐다. 거리낌 없이 투지를 불태우고 있었다.

"저도 미력한 힘이나마 보태드리겠습니다."

루스의 감정 표현은 티아보다 한참 소극적이었는데, 그렇다고 의욕이 없다는 뜻은 아니었다. 루스는 2년 전 장애물 마라톤 때는 참가하지 않았기 때문에 이번에 모두와 함께 참가하는 것을 기대하고 있었다. 그녀는 지금도 검술 훈련을 계속하고 있는데, 장애물 마라톤에 대비해서 달리기 훈련까지 추가했다. 겉으로 드러나는 온화한 분위기와는 정반대로 의욕은 충분했다.

"그럼 잘 부탁할게!"

연극부 부장에게도 올해 장애물 마라톤은 큰 승부처였다. 이번에 좋은 성적을 거두고 티아와 루스의 존재를 안팎으로 어필한다면 부원 유치와 공연을 홍보하는 데 큰 도움이 될 것이다. 올해 가을 문화제 때도 공연이 예정돼 있다. 포르트제인의 내방으로 인해 큰 전환기를 맞이한 이 시기에 실패는 용납되지 않았다.

과학부는『클럽 활동 대항전 장애물 마라톤』과 인연이 없는 부였다. 이 경기에는 과학부의 강점을 어필할 수 있는 부분이 거의 없다. 기껏해야 수학, 물리 문제가 출제되는 구역에서 유리한 정도일까. 그래서 애초에 참가 자체를 하지 않으며 계속 거리를 둬 왔다. 차라리 본인들의 연구를 계속하는 게 실질적으로나 홍보 차원에서도 유의미하기 때문이었다. 클럽 활동들끼리 라이벌 의식을 불태우는 킷쇼하루카제 고등학교에서 유독 이질적인 곳이라고 해도 좋을 것이다.

　그런고로 사교성이 좋다고 할 수 없는 클란이 용기를 쥐어짜서 주뼛주뼛 말을 꺼냈을 때 부장은 고개를 갸웃했다.

　"나가도 괜찮긴 한데, 왜?"

　부장은 의아한 듯했다. 올해도 예년대로『클럽 활동 대항장애물 마라톤』과 연이 없을 거라고 생각했다.

　"그, 그게…… 제 친구들이, 함께 나가자는 얘기를 꺼낸지라……."

　클란은 친하지 않은 사람과 대화하는 게 서투르다. 예전에는 잘했지만, 과거 세계에서 자신의 오만함을 깨닫게 된 뒤로는 180도 달라지게 됐다. 예전에는 타인의 사정이나 감정을 무시했을 뿐이다. 그래서 이때도 클란은 필사적이었다.

　"아— 널 여기로 데려온 사토미 군 말이지?"

　"넵?! ……아, 뭐, 그 사람만 있는 건 아니지만요……."

　"알았어. 평소에는 참가 안 하지만, 올해는 널 내보내는 것도 괜찮을 것 같네."

　코타로는 4월 초에 클란을 과학부에 데려왔는데, 그때는 과학부 역시 크게 떠들썩했다. 그러니 클란이 참가하면 그때와 같은 효과를 학교 전체에 줄 수 있을지도 모른다— 부장은 그 생각을 논리적이라고 판단했다.

　"다만 다른 출전 희망자가 한 명 더 나오리라는 보장은 없어. 그 경우엔 내가 나갈 거야. 하지만 보다시피 몸이 이 모양이라 완주할 수 있을지조차 의심스럽지. 그러니까 순위는 기대하지 말라고."

　과학부 부장은 뚱뚱했다. 자신의 연구에 전념하느라 생활 습관이 불규칙적인 탓이었다. 그것은 과학부 전체에 적용되는 문제였다. 과학부 부원은 마르거나 찌거나, 둘 중 하나였기 때문에 어느 쪽도 장애물 마라톤에 맞지 않았다. 부장은 이 자리에서는 굳이 말하지 않았지만, 자기가 출전하게 된다면 스타트 직후에 기권할 생각이었다. 『클럽 활동 대항 장애물 마라톤』은 2인 1팀으로 출전하며 성적은 좋은 쪽을 채용한다. 기권하더라도 클란의 성적이 채용되니 아무 문제없을 터였다.

　"그건 상관없사와요. 답례라고 하긴 그렇지만, 이 과학부의 이름이 주목받을 수 있도록 최선을 다해 참여하지요."

　"답례를 하고 싶다면, 포르트제 기술을 가르쳐줬으면 좋겠는데."

"그러고 싶은 마음은 굴뚝같지만……."

"알아. 정신이 성숙해지길 기다리지 않고 기술만 빠르게 진보하면 사회가 붕괴될 뿐이지. 내가 너희에게 기대하는 건, 무리가 없는 범위에서 우리의 진보를 앞당겨주는 거야."

"……혹시, 기술을 원한다는 말은 농담이었나요?"

"맞는데?"

"후후후. 이 나라 농담은 이해하기가 쉽지 않군요."

"딱 보니 사토미 군도 고생이 이만저만이 아니겠어."

"그, 그 사람 얘기가 아니어요!"

"그래? 꽤 실감이 담겨 있는 것처럼 들렸는데."

과학부 부장은 그제야 겨우 미소를 보였다. 그는 클란과는 다르게 사람을 대하는 요령이 없는 건 아니었으나 귀찮다고 생각하는 타입이었다. 하지만 그런 그도 클란의 서투르지만 정직한 반응은 흐뭇하게 느껴졌다. 그것은 과학에 경도되어 앞일이 보이기 때문에 드는 감정이라고 할 수 있다. 그는 포르트제 사람들이 클란처럼 우호적이었으면 좋겠다고 바라지 않을 수 없었다.

작전의 시시비비

5월 6일 (금)

코타로 일행이 선레인저와 회의를 한 날로부터 며칠 후. 코타로 일행은 다시 자료실에서 선레인저와 만났다. 수사에 진전이 있었기 때문이다.

"자꾸 불러내서 죄송합니다."

"나쁜 소식이야?"

"아뇨. 현재 상황을 생각하면 좋은 소식입니다. 앞서 보고한 것 이외의 다른 부품 몇 가지의 소재지를 알아낼 수 있을 것 같습니다."

켄이치는 흥분한 어조로 말했다. 코타로 일행도 팔리기 직전까지 간 부품 이야기는 들었다. 그리고 이번에는 부품을 팔지 않고 보관한 자들에 관한 이야기였다. 확실히 낭보였기 때문에 코타로도 놀란 기색으로 되물었다.

"진짜야?!"

"네. 세관에서 서류를 철저하게 확인하고, 슈퍼컴퓨터를 보유한 기업의 동향을 꼼꼼하게 조사한 결과입니다."

전부 신속하게 손을 쓴 성과였다. 서류를 위조해서 부품의 국외 반출을 꾀한 기업이 있는지 눈에 불을 켜고 감시했고, 기술을 분석하기 위해서는 슈퍼컴퓨터가 필요하므로 그것을 보유한 기업의 동향을 주시했다. 그런 노력이 열매를 맺어서 부품 몇 개를 추가로 회수하기 직전이었다.

"세관 쪽은 블랙로즈 씨 예상대로였습니다. 해외 금속 회사 여럿이 합동해서 장갑판과 선체 프레임 등을 국외로 반출하려 하고 있더군요."

"별 것 아닌 것 같지만 구조재는 무척 중요하지. 금속 결정에 결함이 극단적으로 적은 포르트제 금속 제품은 다른 기술의 기초가 돼. 유출되기 전에 파악해서 다행이야."

이번에도 키리하의 예상이 적중했다. 포르트제 기술을 재현하려면 일단 금속이 필요하다. 예를 들어, 강력한 동력원에서는 막대한 출력과 열이 함께 발생한다. 그 기술을 재현하려면 그런 가혹한 상황을 충분히 버텨낼 수 있는 강도를 지닌 금속이 반드시 필요하다. 즉 기술 유출을 효율적으로 막기 위해서는 무엇보다도 구조재인 금속의 유출을 막는 게

급선무다. 그러나 안심할 수는 없다. 극히 소량의 금속 파편이 유출될 가능성은 여전히 남아있기 때문이다. 양이 줄어들면 분석 난도가 극단적으로 올라가지만, 반대급부로 다른 금속과 섞어서 해외로 유출하기 쉬워진다. 그러니 장기에 걸쳐 두더지 잡기와 비슷한 노력을 해야 할 필요가 있다. 포르트제와 일본의 고생은 바야흐로 시작되었다고 할 수 있었다.

"그밖에도 단독으로 유출을 시도한 기업이 몇 개 있습니다만, 이것도 아슬아슬하게 압수할 수 있을 것 같습니다."

"그것참 다행이네. 그나저나 슈퍼컴퓨터 쪽은 어떻게 됐어?"

"여러 회사에서 수상한 낌새를 확인했습니다."

"여러 회사라고요? 기술 격차를 생각하면 위에서부터 세어도 움직일 수 있는 건 몇 군데 안 될 텐데요."

클란이 끼어들었다. 지구와 포르트제 사이에는 아무리 적게 어림잡아도 1천 년 이상의 기술 격차가 있다. 따라서 지구에서 포르트제의 시스템을 분석하려면 반드시 슈퍼컴퓨터를 동원해야 하고, 그나마도 성능이 뛰어난 상급 기종이 필요하다. 그렇지 않을 시에는 보안을 뚫는 데만 몇 년은 걸릴 것이다. 따라서 여러 회사에서 수상한 낌새를 확인했다면 상급 슈퍼컴퓨터를 보유한 기업이 거의 다 움직였다고 봐야 한다. 클란은 그 점이 마음에 걸렸다.

"슈퍼컴퓨터를 보유한 기업 중에서 직접 움직인 곳은 한 군데뿐이고, 나머지는 다른 기업에 협력을 요구하거나 슈퍼컴퓨터를 새로 도입하려는 움직임을 보인 케이스입니다."

국내에서 상급 슈퍼컴퓨터를 보유한 기업은 당연히 정부의 감시가 엄중하다는 사실을 안다. 그래서 굳이 도박에 나설만한 기업은 소수였다. 그리고 요즘은 컴플라이언스를 철저히 따지기 때문에 애초에 그런 생각 자체를 하지 않은 기업도 많다. 그런 기업에 협력을 요청한 기업도 있긴 했으나 같은 이유로 실패했다. 그리고 정부의 감시망을 피하고자 중급 슈퍼컴퓨터를 여러 대 연계해서 분석을 시도한 이들도 있었지만, 결국 관계자가 많은 탓에 덜미를 잡혔다. 슈퍼컴퓨터의 신규 도입에 관해서는 굳이 말할 필요도 없을 것이다.

"아하, 그런 거였군요."

"아무리 자기가 갖고 있다고 해서 모든 회사가 슈퍼컴퓨터를 갖고 있을 거라고 생각하지 마. 그런 점을 보면 여전히 아가씨 기질이 남아있단 말이지."

코타로가 한숨을 쉬며 클란을 흘겨보았다.

"당신은 정말—."

클란은 순간적으로 발끈했지만, 손에 들고 있던 진공관을 보고 이내 표정을 누그러뜨렸다.

"—당신이 그런 점을 알아준다면, 전혀 문제 될 건 없사와요."

클란은 미소 지었다. 당신의 속마음 같은 건 훤히 보인다— 그렇게 말하는 듯한 미소였다.

"아니면, 저처럼 미숙한 사람 편은 되어줄 수 없다는 건가요?"

"……따, 딱히 그런 뜻은…….."

"사토미 군, 겨우 이런 정도로 쩔쩔맬 거면서 뭐 하러 놀린 거야?"

"좀 봐주세요, 카사기 씨."

"니히히히히히~. 코타로는 말이야, 안경순이가 화내는 얼굴을 좋아해서 그래."

사나에도 끼어들었다. 타인의 영파를 읽어내는 사나에게는 거짓말이나 비밀이 통하지 않는다. 사나에의 말은 진실이었다.

"야, 얌마, 사나에! 쓸데없는 소리 하지 마!"

"네~에."

코타로는 당황하며 사나에의 입을 틀어막았지만 이미 엎질러진 물이었다. 소녀들은 생글생글 웃으며 코타로를 쳐다보았고, 당사자인 클란은 빨갛게 달아올라 고개를 푹 숙였다.

'상대하기가 점점 힘들어진단 말이야…… 그것도 요즘 들어 급격하게…….'

코타로는 요즘 소녀들과 대화할 때 얼렁뚱땅 넘기기가 통하지 않는다는 것을 실감했다. 소녀들이 코타로의 언행 뒤에 숨겨진 감정을 캐치해내는 탓이다. 물론 코타로도 그와 비슷한 수준으로 소녀들에 대해 알 수 있게 됐지만, 코타로의 10대 소년 부분은 이 상태를 겸연쩍게 여겼다. 반면에 다른 부분은 기뻐하고 있었고, 그것이 코타로가 소녀들을 상대하기 힘들다고 느끼는 원인이었다.

"후후. 얘기를 계속해도 될까, 사토미 학생?"

이때 켄이치는 교사로서 미소 지으며 말을 건넸다. 늘 어른스럽게 행동하는 코타로가 아주 살짝 드러낸 10대 소년다운 모습. 켄이치는 과거의 자신에게도 있었던 그 모습을 보고 그리움과 반가움을 느끼며 코타로가 건전하게 성장하기를 바라마지 않을 수 없었다.

"죄송합니다, 선생님."

"그러면…… 크흠. 실은 이상한 움직임을 하나 더 포착했습니다. 이게 오늘 여러분을 부른 가장 큰 이유인데……."

켄이치는 다시 선레인저의 얼굴로 되돌리고 배후에 있는 메구미에게 손으로 신호했다. 메구미는 컴퓨터를 조작해서 벽에 설치된 대형 모니터에 어떤 영상을 띄웠다.

"누구인가요?"

"크리스토퍼 브라운 박사. 전공은 이론물리학이고, 블랙홀을 비롯한 천체물리학 방면에서 활약 중인 젊은 유망주입니다."

화면 속 인물은 수염을 약간 기른 40대 중반 백인 남성이었다. 이때 켄이치는 젊다는 표현을 썼지만, 그것은 어디까지나 고명한 박사치고는 젊다는 뜻이었다.

"블랙홀과 천체물리학이라…… 이 타이밍에서는 듣고 싶지 않은 단어로다."

티아는 떨떠름한 표정으로 중얼거렸다. 포르트제의 공간 왜곡 기술은 천체물리학, 특히 블랙홀 연구에서 파생되어 나왔다. 안 좋은 예감이 들었다.

"며칠 전에 그가 갑자기 일본에 입국했습니다. 목적은 불명이고요."

"아하, 이제야 알겠네. 그래서 너희의 경계망에 걸린 거로군."

코타로도 티아의 표정의 의미하는 바를 이해했다. 그가 부품을 분석하기 위해서 입국한 것일지도 모른다고 생각한 것이다.

"네. 박사가 입국한 후에 어떤 기업의 연구 기관과 접촉한 걸 확인했습니다. 그 연구 기관이 최근에 반입한 물자와 기자재를 통해서 항법 장치 분석, 또는 주 동력계 관련 부품 분석을 시도하려는 것으로 추측하고 있죠. 하지만……."

켄이치는 여기서 미심쩍어하는 표정을 지었다.

"……원래 브라운 박사는 포르트제의 기술이 유입되는 것에 경종을 울리던 인물입니다."

선견지명을 가진 브라운 박사는 격차가 큰 기술이 유입되면 지구 경제가 붕괴될 가능성이 있다고 생각해왔다. 그리고 스스로를 예외로 두고 이익을 보겠다는 욕심을 억제하지 않으면, 지구와 포르트제는 불행한 운명을 맞이하게 될 거라고 경고해왔다. 그는 지식과 기술만이 아니라 과학 연구에 대한 책임론, 도덕성 쪽으로도 고평가를 받는 인물이었다.

"이상하군. 그런 사람이 왜 분석에 협력하는 거지?"

"아직 모르겠습니다. 그런 의미에서도 경계망 밖에 있던 사람이거든요. 오늘 아침이 되어서야 급부상한 문제인지라……."

"어떻게 알아냈어?"

"실은 그의 딸이 이 학교에 전학을 왔습니다."

박사에게는 16세 딸이 있었다. 이름은 에밀리. 오늘부로 킷쇼하루카제 고등학교 학생이 되었다. 선레인저는 그녀의 전학 서류에 기입된 부모님 이름을 보고 브라운 박사의 입국 사실을 알아차렸다.

"큰일 날 뻔했네. 못 알아차렸다면 한동안 아무 방해 없이 자유롭게 연구했겠지."

"네, 운이 좋았죠. 아무튼, 이게 여러분을 부른 이유입니다. 만약 문제의 연구 기관에서 부품을 분석하고 있다면 여러분이 증거를 확보해주셨으면 합니다. 저희는 다른 건 때문에 여력이 없는지라……."

운 좋게 알아차린 것까진 좋았지만 화급을 다투는 일이었다. 그러나 선레인저는 이 문제를 맡을 여유가 없었다. 방금 얘기한 다른 건에 대응해야 했기 때문이다. 그래서 신뢰할 수 있으며 비교적 자유롭게 움직일 수 있는 코타로 일행에게 부탁하기로 했다. 그리고 물론, 코타로 일행에게 이 부탁을 거절할 이유는 없었다.

　자료실에서 나온 코타로는 곧장 자기 교실, 3학년 A반으로 돌아갔다. 이런 문제에 봉착했을 때 가장 믿고 의지할 수 있는 조력자가 거기에 있기 때문이었다.

　"에밀리? 그럼, 알다마다. 2학년 C반에 들어간 애잖아?"

　"역시 맥켄지! 오늘만큼은 네가 천사로 보이는구나!"

　마츠다이라 켄지. 통칭 맥켄지. 그는 여자 관련 소문의 전문가로 본인을 직접 만나서 정보를 알아내는 것보다도 훨씬 많은 정보를 가진 것으로 유명한 남자였다.

　"오, 오빠……."

　"코토리, 진정해─!"

　하지만 그 뛰어난 능력을 발휘하는 걸 대가로 여동생 코토리와 사이가 틀어진다. 이번에도 예외는 아니었는데, 코토리는 낙담과 경멸이 한데 섞인 눈초리로 켄지를 쏘아보았다. 옆에 같이 있던 나르파가 코토리를 위로했지만 별 효과는 없는 듯했다.

　"그 에밀리한테 무슨 용건인데? 설마, 그 애로 갈아타려고?"

　그러나 이번에 한해서는 코토리와의 사이만 틀어진 게 아니었다. 이때 켄지가 꺼낸 한마디에 코타로와 함께 있던 여덟 명의 소녀들 — 하루미는 없다 — 의 시선이 켄지에게 매섭게 꽂혔다.

'헉?!'

여덟 개의 살의에 직격당한 켄지는 자신의 실언을 깨달았다. 그러나 이런 반응에는 이골이 났기 때문에 아무렇지도 않은 태도로 화제의 수정을 시도했다.

"아, 코우가 그럴 리가 없지 참. 암튼 무슨 일인데 그래?"

그리고 켄지는 붙임성 있는 미소를 지으며 『그냥 절친에게 농담 좀 했을 뿐입니다』라는 어필을 시도했다. 수많은 수라장에서 살아남은 켄지에게 이 정도 폭탄 해체 작업은 식은 죽 먹기였다. 다행히도 폭탄이 폭발하기 전에 처리하는 데 성공했는지 소녀들은 침묵을 지켰다. 그래도 시선은 여전히 매서웠기 때문에 불씨가 아직 남아있는 건 틀림없었다.

"실은 그 애의 가정환경에 문제가 좀 있나 봐. 그래서 선생님들이 걱정하시더라고."

코타로는 두루뭉술하게 설명했다. 지금은 점심시간이라 주위에는 코토리와 나르파 외에도 학생들이 많이 있었다. 그러니 사정을 정직하게 말할 수는 없었다.

"······진지한 사안이라는 뜻이지?"

그러나 코타로의 말투와 표정을 통해 사정을 파악한 켄지는 눈매를 살짝 좁히고 날카로운 표정을 지었다. 그것은 켄지가 진지한 마음가짐으로 머리를 풀가동하기 시작했을 때의 얼굴이었다.

'―코타로의 비밀과 관련된 얘기이고 에밀리의 가정환경에 문제가 있음. 선생님은 마츠자카 선생님네를 가리키는 걸 테니까 정부도 움직이고 있겠지. 즉 에밀리의 가족이 예의 포르트제 문제와 관계되어 있을 가능성이 있다. 대충 이 정도인가…….'

그것은 중학생 시절에 야구를 할 때 자주 보이던 표정이었다. 켄지에게 이야기가 잘 전달됐다― 그 사실을 알아차린 코타로는 살짝 웃고는 고개를 크게 끄덕였다.

"응. 그러니 아는 게 있으면 좀 가르쳐주라."

"알았어. 나도 귀여운 여자애의 힘이 되어주고 싶으니까."

"오, 오빠?!"

"코토리, 진정해요! 아마도, 아마도 그런 쪽 얘기는 아닐 거예요!"

그리하여 켄지는 자신이 에밀리에 대해 아는 정보를 코타로 일행에게 최대한 얘기해주었다. 그러나 얘기하면 얘기할수록 코토리와 켄지 사이에는 균열이 생길 따름이었다.

켄지가 갖고 있던 에밀리에 대한 정보는 무척 다양했다. 고향, 출신 학교, 키와 몸무게는 물론이고 쓰리 사이즈의 상세한 데이터까지 포함돼 있었다.

"오빠, 대체 그런 정보를 어떻게 입수한 거야?! 설마……?!"

"그, 그런 거 아냐 코토리! 오해하지 마!"

"그럼 뭔데?!"

"옷을 입고 있어도 쓰리 사이즈를 정확하게 알아내는 친구가 있어!"

"그런 변태랑 친하게 지낸다는 거야?!"

"아차, 기름을 끼얹었나?!"

그 풍부한 데이터와 정확함은 참으로 놀라웠지만, 코타로 일행이 주목한 것은 역시 그 가정환경과 일본에 입국한 이유였다.

"분명…… 그 애가 말하기를, 아버지 일 때문에 일본에 왔다고 했어."

"직접 대화도 해봤냐?!"

"어…… 그러면 안 되는 거였어?"

"아냐, 덕분에 살았어.『우리는』, 말이야……."

"……."

"코토리, 진정해―! 코토리, 진정해―!"

켄지가 에밀리 본인에게 직접 확인한 바에 따르면 그녀의 가족은 아버지의 일 때문에 가족 전부가 급히 일본에 오게 되었다고 한다. 킷쇼하루카제 고등학교에 온 이유는 포르트제 유학생을 받게 되면서 유학생 관련 제도가 강화되었기 때

문이라고 한다. 켄지가 덧붙이기를, 그녀가 한 얘기를 미루어 보면 시기적으로 다른 선택지는 없었던 것 같다고 했다.

"아직 살 곳을 못 정해서 지금은 호텔에서 생활한다더라."

"본인이 하는 일 때문에 일본을 방문. 하지만 전학하기 안 좋은 시기에 고등학교 2학년 딸까지 데려오다니……. 으음……."

코타로는 신음했다.

"다소 기묘하게 들리네요."

이때 키리하가 입을 열었다. 교실이라서 말투는 평소와 달랐지만 머리는 평소처럼 예리하게 돌아갔다.

"시기가 안 좋다면 모국에 가족을 두고 혼자 왔어도 되었을 거예요. 그리고 상황이 안정되기를 기다리거나, 아니면 단신 부임을 계속해도 무방할 테고요."

"장기화가 되리라는 걸 알고 있었다……면, 시간을 들여서 더 꼼꼼하게 준비했겠지. ……뭔가 앞뒤가 안 맞네."

"뭔가 복잡한 사정이 숨어 있을지도 몰라요. 주의할 필요가 있겠네요."

"그렇지. 고마워, 키리하 씨."

크리스토퍼 브라운 박사의 방일에는 미심쩍은 점이 한두 개가 아니었다. 그래서 코타로 일행의 대화 주제는 현재 박사의 동향으로 넘어갔다.

"아버지에 관한 얘기는 좀 들었어?"

"일이 많이 바쁜지 아직 호텔에 안 돌아오셨다고 그러더라."

일본에 입국한 후 며칠이 지났지만 브라운 박사는 아직 가족 곁에 한 번도 돌아오지 않았다. 한시를 다투는 상황이니만큼 서둘러 분석을 진행하고 싶으리라는 건 코타로 일행도 이해할 수 있었다. 선레인저에게 발각당할 가능성을 염두에 두고 있을 테고, 라이벌이 선수를 치기라도 하면 곤란할 테니까.

"가족 사이는 어떻대?"

"좋은 것 같아. 요즘 아버지를 못 만나서 외로운지 이런저런 얘기를 하더라고. 아버지가 외식만 하는 게 걱정되니까 빨리 함께 살고 싶다든가……."

"어떤 사람인지 대충 알겠네. 하지만 이거다 싶은 정보는 없군……."

켄지 덕분에 코타로 일행이 에밀리에 대해 궁금했던 점은 거의 다 알게 되었다. 다만 이 정도로는 상황을 파악하기에 충분하지 않았다. 역시 브라운 박사 본인의 동향을 추적할 필요가 있을 것 같았다.

"하여간 고맙다, 맥켄지."

"도움이 됐다니 다행이네. 그건 그렇고 에밀리와의 콘택트는 유지하는 게 낫겠지?"

"부탁할게. 네 힘이 필요하게 될 수도 있거든."

"……그런 전개가 있을 거라는 뜻이야?"

"확신할 순 없어. 상황이 워낙 복잡한지라."

"이런, 이런……. 그건 그렇고, 코우."

"응?"

"코토리를 달래는 걸 도와줘."

"어쩔 수 없군…… 이번만이다?"

그러나 지금 코타로 일행에게 주어진 최우선 과제는 오빠의 실태를 알고 울음을 터트린 코토리의 기분을 풀어주는 것이었다.

일단 에밀리 쪽은 켄지에게 맡긴 코타로 일행은 브라운 박사의 거취를 쫓기로 했다. 그의 행동에서 느껴지는 작은 위화감. 그게 무엇인지 파악하기 전까지 적극적으로 움직이는 건 위험하다고 판단했다.

『사토미 군, 박사가 나왔어요. 선레인저가 알려준 정보대로예요.』

코타로가 차고 있는 팔찌에서 마키의 목소리가 들렸다. 마키는 사나에와 함께 정면 출입구를 감시, 코타로는 하루미와 함께 뒤쪽 출입구를 감시하는 중이었다. 브라운 박사의 추적은 영력을 쓸 수 있는 사람과 마법을 쓸 수 있는 사람을 한 명씩 페어로 묶어서 움직이기로 했다. 눈에 띄지 않고 기동력을 확보하면서 최대한의 결과를 내야 한다면 이 조합이 제일이라고 생각했다. 그리고 상공에는 루스의 무인기를 배치해서 이 네 사람의 백업을 담당했다. 일단은 혹시 모를 사태에 대비해서 나머지 멤버들도 근처에서 대기하고 있었지만, 그녀들이 나서면 눈에 띄므로 긴급사태가 아닌 한 움직이지 않을 예정이었다. 가능한 한 네 명에서 추적을 마치고 싶었다.

"아직 며칠밖에 안 지났는데……."

이것 또한 작은 위화감 중 하나였다. 선레인저의 정보에 의하면 브라운 박사는 저녁 5시 30분에 연구 기관 건물에서 나와 가까운 패밀리 레스토랑으로 이동하고 그곳에서 이른 저녁을 먹는다. 6시 전이라 가게에는 손님이 적기 때문에 항상 같은 자리에 앉는다. 브라운 박사는 일본에 온 이후로 계속, 마치 로봇처럼 이 행동을 반복하고 있다. 그렇기 때문에 선레인저도 조사 극 초기 단계에서부터 이 정보를 제시할 수 있었다.

"……사토미 군, 혹시 함정이 아닐까요?"

위화감의 정체는 「함정이 아닐까」라는 것— 코타로와 함께 행동하는 마키의 보고를 듣고 있던 하루미는 그 가능성을 의심했다. 굳이 패턴화한 행동을 반복 수행함으로써 코타로 일행처럼 꼬리를 잡으려고 하는 자들을 끌어내고, 역으로 그 꼬리를 잡으려는 속셈일 수도 있었다.

"선배, 이게 함정일 가능성을 항상 의식하고 최대한 신중하게 행동해주세요. 아이카랑 사나에도."

코타로도 하루미의 생각이 타당하다고 여겼다. 그게 맞느냐 아니냐는 차치하고, 함정일 가능성을 염두에 두고 행동해서 나쁠 건 없을 터였다.

『알았어요. 마법을 이용한 은폐— 사토미 군, 잠깐만요. 사나에 양이 하고 싶은 말이 있대요.』

『코타로. 저 수염 아저씨 말이야, 한 가지 생각을 계속 머릿속에 떠올리고 있어.』

"뭘 생각하는지 알겠어?"

『여긴 거리가 멀어서 뚜렷하게 알 순 없지만…… 공격적이진 않아. 오히려 그 반대인 것 같아.』

아무리 사나에라고 해도 멀리 숨어서 감시하고 있는 관계로 브라운 박사의 영파는 대략적인 이미지밖에 읽어낼 수 없었다. 일단 공격 의사처럼 명쾌한 것은 아니었다. 다만 그 상태로 안정되어있다는 정도는 느낄 수 있었기 때문에 같은 생각을 반복적으로 하고 있음을 알 수 있었다.

"반대라고……?"

공격적이지 않다는 건 방어적인 생각을 하고 있다는 뜻. 이게 함정이라면 공격적인 생각이 꽤 섞일 터다. 사나에의 말을 믿는다면 함정이 아닐 가능성이 올라갔다고 할 수 있다.

"잘했어, 사나에."

『에헤헤.』

"다만 현 단계에서는 섣불리 확신할 수 없으니까 이대로 뒤를 쫓자. 적절한 거리까지 접근하는 데 성공하면 그때는 잘 부탁해, 사나에."

『응, 맡겨줘.』

아직 결론을 내리기에는 이르다. 모르는 점이 너무 많았다. 그러나 코타로 일행은 낙심하지 않았다. 추적은 이제 막 시작됐을 뿐이니까.

브라운 박사는 딱히 주위를 경계하는 낌새도 보이지 않고 극히 평범한 걸음걸이로 문제의 패밀리 레스토랑으로 가는 최단 코스를 걸었다. 그 사이에도 사나에는 박사의 영파를 계속 관찰했다.

『똑같아. 역시 계속 뭔가 생각하고 있어. 근데 이거…… 어쩌면, 기도일지도 몰라.』

"기도?"

『응. 궁지에 몰려서 주위가 눈에 안 보이는 느낌이랄까…….』

추적하면서 거리가 어느 정도 좁혀지자 사나에는 조금 전보다 한층 구체적인 정보를 알아내는 데 성공했다.

'—왜 기도 같은 걸 하는 거지?'

방어적인 감정이라는 얘기는 조금 전에 들었다. 그 정체가 기도라면, 자신을 지키기 위해서 신에게 의지하는 정신 상태로 간주해도 될 것이다.

'노려지고 있다고 생각하는 건가? 아니면 뭔가 다른 이유가……?'

코타로는 그런 생각을 하며 걸었다. 그러나 생각할 수 있는 시간은 적었다. 박사가 예의 패밀리 레스토랑이 입점한 건물에 도착한 탓이다. 건물에 들어선 박사는 패밀리 레스토랑이 있는 2층과 연결된 계단을 올라갔다.

"우리가 먼저 갈게. 아이카랑 사나에도 계획대로 움직여."

『조심하세요, 사토미 군.』

코타로와 하루미는 커플로 위장해서 박사를 쫓기로 했다. 데이트를 하다가 패밀리 레스토랑에 들렀다는 설정이었다. 두 사람은 박사보다 딱 30초 늦게 계단을 올라갔다.

"후후."

가게 자동문을 통과할 때 하루미가 속삭이는 듯한 웃음소리를 흘렸다.

"선배?"

"미안해요. 아무것도 아니에요. 그냥, 이 얼굴인 게 아쉬워서요."

하루미는 그렇게 말하면서 살짝 쓴웃음을 지었다. 이때 하루미의 얼굴은 코타로가 모르는 사람으로 바뀌어 있었다. 두 사람은 하루미의 마법으로 변장했는데, 그녀는 그 점이

못내 아쉬웠다.

"확실히 일이 아니라, 여가 시간에 좀 더 편한 기분으로 오고 싶긴 하군요."

"그래도 일이기 때문에 눈치 보지 않고 행동해도 되는 건 좋네요."

하루미는 그렇게 말하며 코타로의 팔을 잡더니 팔짱을 끼었다. 지금 코타로와 하루미가 맡은 역할은 지나가던 커플. 연인처럼 행동하는 건 자기만족을 위한 짓이 아닌 의무다. 그리고 무엇보다도 하루미의 오른쪽 손목에는 오늘도 리본이 매여 있었다.

"엇……."

"후후후……."

순간적으로 눈이 커진 코타로 곁에 딱 달라붙는 하루미. 코타로는 그런 그녀에게 아무 말도 하지 않았다. 지금 맡은 역할을 생각해도, 자신의 감정을 생각해도 하루미의 행동을 저지할 필요는 없었으니까. 두 사람은 그대로 웨이트리스에게 안내받았다. 안내받은 자리는 창가 금연석. 운 좋게도 브라운 박사 바로 뒷자리였다. 거기까지 가자 하루미는 아쉬운 듯 코타로 곁에서 떨어졌다. 그때는 코타로도 현재 하루미의 얼굴이 그녀 자신의 것이 아니라는 걸 아쉽게 생각했다.

『……즐거워 보이는군요, 벨트리온.』

그 직후에 클란의 볼멘소리가 코타로의 이어폰에서 들렸다. 코타로와 하루미가 나누는 대화는 클란 일행에게도 고스란히 전달되고 있었다.

"그 얘긴 나중에 하자. 용건은?"

평소 같았으면 한바탕 소동이 일어날 만한 참이었지만, 코타로는 그걸 뒤로 돌리고 옷깃에 숨긴 마이크에 속삭이며 클란에게 다음 말을 재촉했다. 브라운 박사는 바로 뒤에 있기 때문에 들킬 우려가 있었다. 그 점은 클란도 똑똑히 알고 있었다. 그래서 이어지는 그녀의 말투는 차분함을 되찾았다.

『알겠사와요. 음, 주위를 확인해보니 박사의 경호원으로 보이는 인물이 정문과 뒷문에 한 명씩 있더군요. 하지만 안심하시길. 당신이 가게에 들어가는 걸 특별히 의심하는 낌새는 없었사와요.』

"알았어. 수고했어."

『그래도 조심하시어요.』

"응."

통화를 마친 코타로는 하루미를 보았다. 하루미도 지금 통화를 들었기 때문에 그녀는 코타로와 시선이 마주치자 살짝 고개를 끄덕였다.

"선배는 뭐 드실래요?"

"으음~. 오늘은 치즈가 듬뿍 올라간 메뉴를 먹고 싶은 기분이에요."

그리고 두 사람은 커플이 할 법한 대화를 하기 시작했다. 아직 사나에와 마키는 가게에 들어오지 않았다. 본격적인 행동은 두 사람이 들어 온 이후에 시작할 예정이었다.

『······안에 들어왔어요.』

『코타로, 케이크 먹어도 돼?』

사나에와 마키가 입점한 것은 코타로와 하루미가 요리 주문을 마친 무렵이었다. 두 사람도 마법을 써서 타 학교 여고생으로 변장했다.

"일을 소홀히 하지 않는다면 얼마든지 먹어도 돼."

『아싸! 사나에한테 맡기시라!』

두 사람이 안내받은 자리는 코타로 일행과도 브라운 박사와도 다소 떨어져 있었지만, 두 사람의 능력적으로는 그 거리에 있어도 전혀 문제될 건 없었다.

『각하, 보고드릴 게 있습니다.』

그때 코타로의 이어폰에서 루스의 목소리가 들렸다. 그녀는 가게 외부에 여러 기 전개해둔 소형 무인 전투기를 관제하고 있었는데, 그 무인기가 보낸 정보 중에서 신경 쓰이는 점을 발견했다.

"얘기해주세요."

『현재 창밖에서 브라운 박사를 촬영하고 있는데, 입술이 움직이는 것 같아서 확대 후 분석해봤습니다. 이게 그 결과예요.』

"영어로 『이젠 신이든 악마든 상관없어. 만약 내 말이 닿는다면 부디 응답해주시오』라……. 아까 사나에가 한 말이랑 일치하는데…… 무슨 뜻일까?"

조금 전 사나에는 기도일지도 모른다는 말을 했다. 박사의 입술 움직임을 분석한 결과 사나에의 말과 거의 일치하는 내용을 확인할 수 있었는데, 순수한 기도라고 단언할 수 없는 뉘앙스가 함께 느껴졌다. 마치 누군가에게 호소하는 것 같기도 했다. 그런 코타로의 의문에 대답해준 사람은 역시 키리하였다.

『코타로, 그 자리에서 박사의 목소리가 들리나?』

"아니, 안 들려. 입은 계속 움직이고 있어?"

코타로의 오감은 사나에에게 받은 영력 덕분에 평범한 사람보다 월등하게 예민하다. 하지만 그 예민한 청각에도 박사의 목소리는 들리지 않았다. 이 경우에는 기계를 써도 같은 결과가 나올 것이다.

『계속 움직이고 있어. 하지만 그대의 위치에서 들리지 않는다면 애초에 소리를 안 내고 있을 공산이 커. 그리고 문제는 박사가 앉아 있는 자리야.』

"자리?"

『창가석. 그리고 밑에 있는 경호원에게는 박사의 모습이 안 보이지. 게다가 소리 없는 중얼거림. 이 모든 걸 종합해서 생각하면, 박사는 아마도 우리처럼 창밖에서 들여다보는 자를 부르고 있는 것 같다.』

"뭐라고?!"

키리하는 박사가 외부인과 접촉을 꾀하고 있는 것 같다는 결론을 내렸다. 박사는 항상 창가 쪽 특정한 자리에만 앉는다. 문제의 패밀리 레스토랑은 2층에 있고, 또한 인테리어 때문에 밑에서 대기하는 박사의 경호원으로 보이는 남자들에게는 박사의 모습이 잘 안 보인다. 기껏해야 눈에서 위쪽 정도나 보일까. 그런 상황에서 박사는 소리 없이 입술만 움직여서 말하고 있다. 그러니 그 내용을 알아내려면 루스처럼 무인기나 드론으로 외부에서 촬영해서 이미지를 분석하고 말을 읽어내는 것 말고는 방법이 없다. 따라서 박사의 입술 움직임이 기도가 아니라면, 일정 수준 이상의 기술력을 가진 누군가가 창밖에 있어주길 바라면서 매일 쉬지 않고 도움을 요청하는 거라고 간주할 수 있었다.

『박사의 능력을 생각하면 밖에서 누군가가 자신을 감시하고 있을 뿐만 아니라, 이미지를 제대로 분석해서 메시지를 알아차릴 가능성이 낮으리라는 건 누구보다 잘 알겠지. 이건 확신이 있어서 하는 행동이 아니야. 그래도 계속 한다는 건 이 방법 외에는 성공을 바랄 수 없으며, 설령 불확실하더라도 계속할 수밖에 없는 이유가 있다는 뜻이지. 즉 박사가 위험에 처했다고 봐야 마땅해. 어디까지나 함정이 아니라면 말이지만.』

　함정이 아니라는 전제하에 브라운 박사는 이 불확실한 방법에 걸 수밖에 없는 상황에 처한 것으로 보였다. 그리고 이 고난도 메시지를 분석할 능력이 있는 조력자를 바라고 있다. 어중간한 상대와 접촉해봐야 소용없다고 판단했으리라. 즉 단 한 번의 시도로 확실하게 성공해야 할 만큼 위험하다는 뜻이다.

　'도움을 바라는 건가, 아니면 함정인가……'

　키리하의 설명을 듣고 나니 코타로도 박사가 긴급하게 도움을 요청하는 것처럼 보였다. 하지만 그래도 함정일 가능성은 여전히 존재했다. 리스크를 감안하고 접촉할 것인가. 아니면 함정이 아니라는 확신이 들 때까지 좀 더 기다릴 것인가. 함정에 뛰어들고 싶지는 않았지만, 박사가 진심으로 도움을 요청하는 거라면 늦은 대처로 인해 그가 더 위태로운 상황에 처하게 될 수도 있으니 무척 고민되는 문제였다.

　『사토미 군, 저도 키리하 양의 말이 맞다고 생각해요.』

　『수염 아저씨는 아주 가까운 누군가를 크게 걱정하고 있어. 아마도 그 사람을 도와주길 바라는 것 같아.』

　마키와 사나에는 키리하의 추론을 뒷받침하는 의견을 제시했다. 마키는 마음을 다루는 마법사라서 심리 계통 마법이 주특기다. 사나에는 영능력으로 타인의 감정을 읽어낼 수 있다. 두 사람이 자신의 능력으로 브라운 박사의 감정과 사고의 표층을 조사해서 알아낸 것은, 브라운 박사는 본인이 아닌 가까운 누군가를 걱정하고 있다는 점이었다.

브라운 박사는 위험한 상황에 처했으며 도움을 바라고 있다— 여러 정보를 토대로 그렇게 판단한 코타로 일행은 그와 접촉을 시도하기로 했다. 그 수단으로 마법을 채택했다. 이런 경우에는 과학적인 수단을 피하는 게 안전할 것 같았다.

"어때, 아이카. 가능하겠어?"

『괜찮을 것 같아요. 상대방의 심리 상태가 접촉을 바라고 있는 게 도움이 됐네요.』

마력으로 정신적인 접점을 만들어서 생각만으로 대화하는 마법은 원래 동료들간에 쓰는 마법이다. 즉 양쪽 모두 그 마법을 받아들이겠다고 마음을 열 필요가 있다. 그래서 생면부지의 상대에게 이 마법을 걸려고 하면 대개 실패한다. 하지만 브라운 박사의 경우에는 그렇지 않았다. 이때 그의 심경은 모든 접촉 수단을 받아들일 수 있는 상태였다. 그런 요소도 브라운 박사가 도움을 바라고 있다는 가능성에 힘을 실어주었다.

『마법이 발동됐어요. 사토미 군, 시작하세요.』

"……브라운 박사, 들립니까?"

머릿속으로 생각만 하면 되지만 코타로는 일부러 소리를 냈다. 그러는 편이 집중하기 쉬웠다. 그리고 마키는 코타로가 말로 꺼낸 생각만을 영어로 변환해서 브라운 박사에게 전달했다. 이는 혹시 모를 사태에 대비한 대책이었다.

ㅡ덜커덩.

『이, 이 목소리는 뭐지?!』

브라운 박사의 의자에서 요란한 소리가 났다. 놀라서 몸을 젖힌 탓이다. 그래도 그는 강철 같은 의지로 입을 꾹 다물었다. 목소리를 내는 게 위험하다는 건 잘 알고 있었다.

"진정하세요, 브라운 박사. 『이 목소리는 뭐지』……당신의 생각은 제게 전달되고 있습니다."

『생각을 읽을 수 있는가?!』

"네. 아쉽게도 신도 악마도 아닙니다만."

『신도 악마도…… 그렇군. 그 메시지를 알아차렸나?! 그래서 나를……?!』

"그건 아직 대답할 수 없습니다. 당신의 스탠스가 명확하지 않으니까요."

『그, 그렇지. 일리 있는 말이야……. 잠시 기다려 주게…….』

자신이 놀람과 흥분으로 인해 침착함을 잃었다는 것을 깨달은 브라운 박사는 한 차례 크게 심호흡을 하고 마음을 다스렸다. 그런 모습을 통해 그가 얼마나 자제심이 강하고 두뇌 회전이 빠른지 알 수 있었다. 적이든, 적이 아니든 아무튼 대단한 인물인 것 같다─ 코타로는 그렇게 생각했다.

『남은 시간이 그리 많지 않으니 핵심만 얘기하자면…… 가족이 인질로 붙잡혀서 어쩔 수 없이 포르트제 기술 분석에 협력하고 있네. 그래서 이 상황을 벗어나고 싶어.』

"……그런 사정이었군요."

코타로 일행이 느낀 여러 위화감. 그것은 박사가 억지로 협력하고 있기 때문에 생겨난 것이었다.

『코타로, 수염 아저씨가 하는 얘기는 사실일 거야. 영파가 안정돼있어. 다만 초조함에 쫓기는 것 같아.』

『동감이에요. 심층의식 쪽도 표층에 이끌리는 느낌으로 반응하고 있어요.』

브라운 박사의 사고는 마키와 사나에 쪽에도 전해졌다. 그리고 그녀들은 박사의 말을 신용해도 괜찮을 것 같다고 판단했다.

"어떤 상황인지 대강 알겠습니다. 이쪽은 포르트제 기술이 그들에게 넘어가는 걸 막고 싶으니 힘을 빌려드릴 수 있을 것 같군요."

코타로는 박사에게 협력하기로 결심했다. 하지만 실패했을 때를 고려해야 하므로 이 시점에서 이름과 소속 세력 등을 밝히는 것은 피했다.

『도와주는 건가?!』

"그럴 수 있기를 바랍니다. 우선 정확히 어떤 상황인지 상세히 알려주십시오."

『고맙네! 하지만 이제 시간이 없어. 내 자리에 메모리 카드를 남겨두겠네. 이런 경우에 대비해서 준비한 정보가 저장돼 있지. 내용을 확인하고 검토해주게나.』

브라운 박사가 처한 상황을 제대로 설명하려면 5분에서 10분 정도로는 어림도 없었다. 이곳에 너무 오래 있으면 밖에서 대기 중인 경호원 ── 감시자일 가능성이 크다 ── 가 상황을 확인하러 올 것이다. 박사는 그것까지 상정해서 필요한 정보를 담은 메모리 카드를 미리 준비해두었다.

'수완이 참 뛰어난걸……. 기술 분석을 꾀하는 기업이 원할 만해……'

코타로는 무심코 납득했다. 실낱같은 기회를 최대한 활용하기 위한 주도면밀한 준비. 만약 자신이 누군가에게 기술 분석을 부탁한다면 이런 사람에게 맡기고 싶다는 생각을 하지 않을 수가 없었다.

"알겠습니다. 그럼 내일 다시 뵙죠."

『그래. 좋은 대답을 기대하겠네.』

이리하여 코타로 일행은 브라운 박사와의 첫 번째 접선을 마쳤다. 시간은 짧았지만 필요한 이야기는 나누었다. 나머지는 메모리 카드의 내용에 달려 있었다.

문제의 메모리 카드에는 암호가 걸린 파일이 들어 있었다. 그런데 박사는 암호를 따로 알려주지 않았다. 그래서 클란은 포르트제의 컴퓨터를 동원해서 억지로 풀려고 했지만, 그보다 빠르게 암호를 알아낸 사람이 있었다.

"이·걸·로~ 해결이닷!"

시즈카는 규칙적인 리듬으로 예상 암호를 입력했다. 그리고 엔터키를 평소보다 세게 친 순간, 그녀의 표정이 활짝 밝아졌다.

"아자!! 암호를 풀었어!!"

시즈카는 화색을 띠며 컴퓨터 화면을 가리켰다. 컴퓨터는 입력된 암호를 받아들이고 암호화된 파일의 복원 작업을 개시했다.

"카사기 씨, 정말입니까?! 암호는 뭐였죠?!"

"『이젠 신이든 악마든 상관없다』. 이런 수수께끼는 소설에 자주 나오잖아."

시즈카는 깜짝 놀라 달려온 주변 사람들을 보며 자랑스레 웃었다. 그녀는 추리 소설, 모험 소설을 즐겨 읽기 때문에 이런 수수께끼 풀이가 익숙했다. 그렇지만 시즈카가 이 암호를 푼 것은 거의 직감에 가까웠다. 그리고 한 박자 늦게 같은 대답에 도달한 키리하가 제대로 설명해주었다.

"암호를 따로 가르쳐주지 않았다는 건 이미 제시했고, 자신과 접촉을 시도한 상대라면 반드시 알아차릴 거라고 생각했다는 뜻이다. 그렇다면 나머지는 간단하지. 입술 움직임을 분석하게 한 것에는 이런 목적도 있었던 거야."

입술 움직임을 분석해서 알아낸 말이 바로 암호였다. 시즈카가 암호를 입력하자 복잡하게 암호화됐던 파일은 수십 초 만에 원래 모습을 되찾았다.

"루스, 부탁한다."

"네."

코타로 일행은 가장 컴퓨터 성능이 뛰어난 『으스름달』의 연구실에 와 있었다. 컴퓨터는 당연히 클란 것이지만, 루스는 마치 그게 자기 컴퓨터라도 되는 양 능숙하게 조작해서 파일을 삼차원 스크린에 띄웠다.

"……에밀리와 부인을 인질로 잡혔다니. 그렇다면 시키는 대로 할 수밖에 없겠고, 불안정한 행동을 보이는 것도 당연하겠지."

브라운 박사는 가족을 인질로 잡혀서 억지로 일본에 오게 됐다. 코타로도 그 이유라면 납득할 수 있었다.

"정확히는 부인은 연금당한 상태, 에밀리는 상시 감시하에 있는 모양이니라. 흐음, 소녀들이 직접 에밀리와 접촉하지 않고 맥켄지에게 맡기길 잘한 것 같구나."

박사는 현재 외국계 전자기기 메이커 BTE─ 벨 테슬라 일렉트로닉스의 일본법인이 설립한 연구 기관에서 일하고 있다. 하지만 본인이 원해서 하는 게 아니라 아내와 딸을 인질로 잡힌 탓에 지시를 따를 수밖에 없는 상태다.

박사의 아내, 클레어는 호텔에 연금당한 상태로 외부 접촉이 차단되어 있다. 그나마 딸 에밀리는 킷쇼하루카제 고등학교에 다니고 있긴 하지만, 경호원이라는 이름의 감시자가 항상 붙어 있다. 만약 코타로 일행이 직접 에밀리를 만났다면 BTE 측 경계가 강화돼서 행동에 나서기 힘들어졌을지도 모른다. 그렇게 생각해보면 여자 전학생에게는 일단 대화를 시도해보는 켄지의 습성이 도움이 되었다고 할 수 있었다.

박사는 현재 가족과 격리되어 만나지 못하는 상황이었다. 이메일이나 전화 통화는 가능했으나 전부 BTE에 도청, 검열당하는 탓에 가족을 도피시키는 건 불가능했다. 이렇게 코타로 일행 같은 조력자가 나타나기를 기다릴 수밖에 없었다.

"박사의 연구 내용은…… 이런, 상황이 안 좋군요. 항법 장치를 통째로 입수한 모양이어요!"

회수하지 못한 부품 중에는 항법 장치가 포함돼 있다. 분석당하면 부품을 구성하는 컴퓨터 기술은 물론, 공간 왜곡 항법 기술까지 유출될 우려가 있는 가장 위험한 물건이다. 하지만 코타로 일행은 비교적 커다란 이 부품이 설마 전투정의 자폭에 휘말리고도 멀쩡한 상태를 유지할 리가 없다고 추측했다. 그러나 불행하게도 그 설마가 현실이 되고 말았다.

"루스 씨, 선레인저에게 항법 장치를 찾았다고 전해주세요!"

"알겠습니다!"

"하필이면 가장 위험한 케이스라니…… 박사가 왜 이렇게 신중하게 행동했는지 이제야 알겠군."

키리하가 팔짱을 끼고 굳은 표정으로 중얼거렸다. 상황이 이렇다면 두 번째 기회는 없을 것이다. 박사에게 도움받을 수 있는 건 이번 한 번뿐. 실패하면 박사 일가와 항법 장치는 어둠 속으로 사라지게 될 것이다.

"즉 박사와 아내와 딸, 그리고 항법 장치. 이 네 가지를 동시에 확보해야 한다는 건데…… 쉽지 않겠는걸……."

코타로의 표정도 심각해졌다. 엄중한 경계하에 있는 네 가지 대상을 동시에 확보해야 하는 상황이니, 강력한 힘을 다루는 코타로 일행에게도 쉬운 일은 아니었다.

"코타로, 어떡할 거야?"

"어떡하고 자시고가 뭐 있겠어? 당연히 해야지."

"역시 그렇지!"

코타로의 결론은 처음부터 정해져 있었다. 그에게는 걸어가야 하는 길이 있다. 그것은 곤란하다는 이유로 피해도 되는 길은 아니다. 코타로에게는 알라이아와 함께 선두에 서서 사람들을 이끌었던 책임이 있었다.

다음 날. 코타로 일행은 다시 브라운 박사를 만나 박사 일가를 구출하고 부품을 회수하고 싶다는 뜻을 전달했다. 이때 코타로 일행은 일단 자신들이 포르트제측 사람이라는 사실을 전했는데, 브라운 박사에게는 진위 여부를 확인할 방법이 없다. 그러니 박사에게 있어 그들을 믿느냐 마느냐는 큰 도박이었다.

『그래도…… 자네들에게 걸어 보겠네.』

그럼에도 박사는 코타로 일행에게 걸어 보기로 했다. 뭘해도 지금보다 훨씬 낫기 때문이다. 최악의 경우 코타로가 다른 악덕 기업 소속이라고 해도, 비밀리에 한 기업이 독점하는 것보다는 낫다. 양측이 대립하고 정보가 유출된다면 정부가 그 낌새를 알아차릴 가능성도 있으니까.

"감사합니다. 그렇다면 이제 행동으로 증명하는 수밖에 없겠군요."

『기대하겠네. 나는…… 그래. 할 수 있는 일은 다 했어. 나머지는 신께 맡기도록 하지. 하늘에 계신 우리 아버지와 포르트제의 여신께.』

"제 몫까지 기도해주세요. 전 운이 없는 편이라고 생각하거든요."

『하하하, 자네는 재밌는 남자로군. ……정식으로 만나게 되는 날을 기대하겠네.』

"저야말로요. 그럼……."

브라운 박사와 밀담을 마친 코타로 일행은 어제처럼 클란의 우주전함 『으스름달』로 향했다. 헤어지기 직전에 브라운 박사가 새로운 정보를 건네줬기 때문에, 그것까지 취합해서 이후의 행동을 검토할 필요가 있었다.

브라운 박사가 건네준 새로운 정보에는 코타로 일행이 이후의 행동을 결정하는 데 있어 매우 중요한 정보가 포함되어 있었다. 다름 아닌 브라운 박사의 아내, 클레어의 현재 위치였다. 이는 박사가 경호원 — 이라는 이름의 감시자 — 의 대화를 훔쳐듣고 알아낸 정보였다. 박사가 입수한 정보는 아내가 갇혀 있는 호텔의 이름뿐이었지만, 감시카메라 영상을 분석해서 빠르게 객실 번호를 파악했다.

"트래디셔널 킷쇼 14층, 특실인가…….”

키리하는 삼차원 스크린을 올려다보며 약간 굳은 표정을 지었다. 클레어가 갇힌 객실은 1401호. 고급 호텔인 트래디셔널 킷쇼의 객실 중에서도 최고급 룸이었다. VIP의 이용을 상정한 객실이라 구조 자체가 수비에 적합했다. 그것이 키리하의 표정이 굳은 이유였다.

"영화 같은 걸 보면 인질을 정중하게 대접한다는 표현이 자주 나오는데, 정말이었군요.”

마키는 트래디셔널 킷쇼의 팸플릿을 보며 놀라워했다. 값비싼 샹들리에, 앤티크 가구, 실크 침구. 누구나 눈이 휘둥그레지는 게 당연할 정도의 고급 객실이었다. 당연히 숙박비도 그에 걸맞았다.

"글쎄, 그런 의도라기보다는 공간이 널찍한 곳을 고른 거겠지. 부인과 감시자가 함께 있어야 하니까."

"아하, 그건 그렇네요."

그리고 최고급 객실이니만큼 침실도 여러 개였다. 그러니 감시자가 함께 있어도 클레어의 프라이버시는 어느 정도 지켜질 것이고, 반대로 감시자들도 클레어를 피해서 비밀스런 대화를 나눌 수 있을 터였다. 뿐만 아니라 인원을 많이 투입할 수 있으니 지키기도 쉬웠다. 클레어와 감시자, 양쪽 모두에게 안성맞춤인 방이었다.

"키리하, 그대의 생각은 어떤가?"

티아가 객실 도면을 보며 키리하에게 의견을 구했다. 전투에 일가견이 있는 그녀의 머릿속에는 이미 공격 플랜 몇 가지가 떠올랐다. 그것이 키리하의 플랜과 합치하는지 확인하고 싶었다.

"최소한으로 잡아도 여섯 명은 필요하겠어."

큰 방 하나, 침실 둘이라는 구성을 보고 키리하는 적 병력을 네 명 정도로 추측했다. 그리고 장비 및 능력의 격차, 공격과 방어의 유불리를 더해서 키리하가 계산한 공격에 필요한 인원은 여섯 명이었다. 안전을 기한다면 일곱, 여덟 명은 필요했다.

"동감이니라. 강습을 하든 잠입을 하든, 최소한 그 정도는 투입해야 할 게야. 문제는 박사와 에밀리 쪽에도 인원을 보내야 한다는 것인데……."

코타로 일행은 총 열 명이다. 클레어 구출 작전에 여섯 명을 투입하면 박사와 에밀리를 나머지 네 명이 구출해야 한다. 병력을 빠듯하게 운용해야 하는 상황이었으니 티아의 미간에는 주름이 잡혔다.

"선레인저에게 협력을 요청해보지. 그쪽도 여유가 없을 테지만, 사안의 중요성을 생각하면 일정 부분 도움받을 수 있을지도 몰라."

현재 선레인저는 다른 부품을 회수하느라 정신이 없지만, 코타로 일행이 맡은 것이 항법 장치라는 대단히 중요한 부품이므로 구출 작전을 펼칠 때만이라도 인원을 지원받을 수 있을지도 모른다. 적은 인원이라도 보내준다면 작전 성공 확률이 크게 올라가리라.

"그럼 이제 어떻게 공격할지만 생각하면 되겠네."

묵묵히 듣고 있던 코타로가 비로소 입을 열었다. 코타로는 작전을 수립하는 과정에는 그다지 끼어들지 않았지만, 공격하는 것 자체는 전문분야였다. 코타로는 자신의 생각을 정리하며 말했다.

"박사는 가족부터 구출해달라고 요청했으니 클레어 씨와

에밀리의 구출을 병행하고, 그 직후에 박사 구출과 부품 회수를 해야 하겠지."

클레어와 에밀리는 최대한 비슷한 타이밍에 구출할 필요가 있다. 어느 한쪽을 빼앗겼다는 소식이 다른 쪽에 전달되면 경계가 엄중해질 것이고, 자칫하면 목숨이 위태로워질 수도 있기 때문이다.

물론 그건 박사에게도 적용되는 문제이지만, 두 가족을 구출하기 전에 박사를 구출할 수는 없으니 어차피 한 박자 늦을 수밖에 없다. 또한 잡고 있는 측도 분석 작업에 박사가 필요하니까 구출에 실패하더라도 난폭한 짓을 당할 가능성은 낮다.

박사는 가족의 안전을 최우선으로 바라고 있기 때문에, 코타로는 그에 맞춰 작전을 입안하려고 생각했다. 따라서 클레어와 에밀리를 전격적으로 구출하되, 그 직후 박사를 구출하는 흐름이 되는 건 당연했다.

"꽤나 성가신 상황이로군. 단순한 동시 작전을 펼치는 건 너무 눈에 띌 게다."

"음, 연막작전을 펴야 하겠지. 클레어와 에밀리, 양쪽 모두와 쉽게 접촉할 수 있을 만한 게 이상적이야."

티아와 키리하는 어렵다고 느끼면서도 코타로의 의사에 따라 작전을 세우기 시작했다. 사실 효율을 따진다면 박사 구출과 부품 회수만 고려하는 것이 좋다. 그게 성공률이 가장 높을뿐더러 기술 유출을 확실하게 막을 수 있는 길이니까. 그러나 티아도 키리하도 그것은 코타로가 걸어야 할 길이 아니라고 생각했다. 그래서 두 사람에게는 어떠한 불만도 없었다.

"코타로, 켄지가 도와줄 거라고 생각하나?"

"아무 얘기 안 해도, 결국 자발적으로 도와주게 될 거야."

"알았다. 그 점도 고려해야겠군."

"……."

"루스 씨, 무슨 말을 하고 싶은지 잘 압니다. 알지만, 지금은 참아주세요! 그런 건 킨에게 맡기죠!"

"……."

일부 인원이 작전에 대해 불만을 품기는 했지만, 어쨌거나 티아와 키리하의 주도로 작전은 순조롭게 결정됐다.

"솔직히, 사토미 군이 그런 사람이 아니라서 다행이라니까……."

"시즈카 님, 각하가 그런 사람이었다면 저는 혀를 깨물고 죽었을 거예요."

"……미안, 맥켄지……."

그 과정에서 켄지에 대한 여성진의 평판이 더욱 낮아졌지만, 박사 일가의 안전을 생각하면 싼 값이었다.

작전을 결정한 코타로 일행은 필요한 장비를 갖추고 현장을 미리 조사하는 등 준비에 착수했다. 코타로는 그중에서도 박사를 구출할 장소의 사전조사를 담당했다. 인질 두 명을 구출한 다음에 올 장소이니 이곳이 작전을 수행하는 과정에서 제일 위험한 장소라고 할 수 있다. 꼼꼼하게 조사할 필요가 있었다.

"생각보다 많이 낡은 연구소네요."

"저 건물은 관련 기업의 공장인 것 같아. 지금은 지상 설비만 가동하고 있지만, 고도 경제 성장기에는 지하에도 제조 기계가 있었대."

코타로는 마키와 함께 킷쇼하루카제시에 오래전부터 있던 공장에 와 있었다. 심리계 마법이 특기인 마키는 이상적인 정찰 파트너였다.

"그러면, 지금은 빈 지하 공간에 연구 시설을······?"

"그렇겠지. 저 공장은 위장막이야."

이 공장 지하에서는 문제의 기업 BTE— 벨 테슬라 일렉트로닉스의 연구 시설이 착착 형태를 갖춰갔다. 다만 공장과 BTE가 자본으로 직접 엮인 관계인 것은 아니다. 최근에는 별다른 거래도 없었다. 그러나 오래전부터 여러 차례 대규모 거래를 해왔기 때문에 인연은 깊었다. 그래서 위장막으로 선택된 것이다. 참고로 이 정보는 브라운 박사가 아내 클레어의 정보와 함께 건네준 것이었다.

"실적이 갈수록 악화되는 상황에 신규 계약을 미끼로 지하를 빌렸나 보더라고. 생산 개시는 조금 나중인 것 같지만……."

"그렇다면 거절할 수 없었겠군요…… 딱하네요……."

현재 두 사람은 선레인저에게 받은 겨냥도를 들고 그늘진 곳에 숨어서 공장을 살펴보고 있었다. 공장은 수많은 금속 배관이 복잡하게 얽히고설킨 콘크리트 건물이었다. 그리고 높은 담으로 에워싸여 있었다. 하지만 높은 담에 막혀 있어도 공장에서 사용하는 공작 기계의 작동음은 코타로 일행이 있는 곳까지 들렸다. 건물과 마찬가지로 공작 기계도 오래된 것이었다.

"아무튼…… 아이카, 부탁할게."

"네. 킨 센스, 클레어보이언스."

마키는 코타로에게 두 가지 마법을 걸어주었다. 감각을 예민하게 하는 마법과 장애물 너머를 투시할 수 있는 마법. 사나에가 준 영력 덕분에 시각이 강화된 코타로는 두 마법의 도움을 받아 지금 있는 위치에서 공장 내부를 들여다볼 수 있게 됐다.

"……개축된 부분이 몇 군데 있긴 하지만 거의 도면이랑 같네."

코타로는 눈으로 보고 확인한 것을 도면에 적었다. 건축 당시의 도면이라서 지금 공장과 구조가 약간 달랐다. 통로가 추가된 부분, 반대로 벽이 없어진 부분도 있었다. 그런 차이점을 미리 파악해두지 않으면 돌입했을 때 위험 부담이 커진다. 다만 이번 작전에서 돌입할 일은 없을 터였다.

"지하는 어때요?"

"지면이 너무 두꺼워서 그런지 잘 안 보여. 위쪽이 조금 보이는 정도야."

"나중에 클란 양에게 정찰기를 보내달라고 하는 게 나을지도 모르겠네요."

"……그 녀석, 또 삐치겠지……."

투시 마법은 장애물이 두꺼울수록 힘을 쓰지 못한다. 건물 벽 몇 겹 정도는 문젯거리도 안 되지만, 수십 미터에 달하는 지면을 투시하는 건 간단한 일이 아니다. 기실 마법에 대처하기 위해 지하에 비밀을 숨기는 건 효과적인 선택이었다. 그런 장소에는 인공지능을 탑재한 자립 제어 정찰기를 보내는 게 좋지만, 그 분야 최고 전문가는 이런 음습한 일이 내키지 않았다. 그녀가 싫어하는 표정을 짓지 않을지 걱정되는 코타로였다.

"사토미 군이 『네가 필요해』라는 말을 똑바로 해주면 괜찮을 거예요."

"……꼭 말해야 하나……."

코타로는 클란을 상대할 때는 도무지 솔직하게 굴지 못했다. 계속 그런 관계로 지내 온 탓도 있지만 기복이 심한 클란의 감정 표현을 마음에 들어 하는 점이 컸다. 코타로가 놀리는 듯한 태도로 클란을 대하는 건 무의식 레벨에 가까웠다.

"왜 클란 양에게는 그런 말을 안 해주는 거예요? 저한테는 잘 하면서."

"아이카한테는 그게 필요하니까 그렇지."

"그건 클란 양도 마찬가지인데요? 아니, 그렇다기보다는 지금은 모두에게 필요해요."

마키는 코타로의 인식이 허술하다고 생각했다. 코타로 주위에 있는 소녀들은 이미 마음을 굳힌지 오래다. 전부 코타로가 자신에게 솔직하게 다가오기를 바라고 있다. 다만 소녀들마다 솔직함이 의미하는 바는 조금씩 차이가 있었다. 누구에게는 곁에 붙어 있는 것이고, 누구에게는 치고받는 것이고, 누구에게는 함께 노는 것이었다.

"……알았다고. 그, 어떻게든, 잘 말해볼게."

"잘 생각했어요."

코타로는 분명 둔감하지만 주위의 변화를 아예 모르는 건 아니었다. 그리고 소녀들이 이제는 떼어낼 수 없을 정도로 자신의 마음에 깊이 파고들었다는 것도 알았다. 알지만, 굳이 모르는 척했다. 순순히 받아들이는 것을 십대 소년의 프라이드가 방해하는 탓이었다.

"그보다 일이나 하자고."

"후후후후, 네."

마키는 즐거운 듯이 웃으면서 목에 건 헤드폰을 살짝 만졌다. 마키는 예전에 시즈카에게서 남자의 체면을 살려주는 것도 좋은 여자의 자질이라고 배웠다. 지금은 그 자질을 발휘해야하는 국면이라고 생각한 마키는 이쯤에서 말을 아끼기로 했다. 그리고 실제로 해야 할 일이 많기도 했다.

"사토미 군, 저건 비싼 차죠?"

"어디…… 그러네, 비싼 거야. 두 대가 서 있군. 벨 테슬라 일렉트로닉스인가?"

"4인승 차량이 두 대이니까 5인 이상 8인 이하. 실험 장치 조립이라도 하려는 걸까요?"

공장에 있는 것을 하나하나 조사하며 상대의 의도를 최대한 파악한다. 단조롭고 정신이 아득해질 것 같은 작업이지만, 이런 수수한 노력이 성공하기 위한 발판이 된다. 체육계인 코타로는 상대 팀을 정찰하는 게 얼마나 중요한지 잘 안다. 전 군사 조직 출신인 마키는 그 이상이다. 두 사람은 불평 한마디 하지 않고 담담하게 작업을 수행했다.

"햐으앗?!"

그렇게 한 시간 남짓 계속했을까. 언제나 차분한 마키가 갑자기 괴상한 소리를 냈다. 그리고 눈을 크게 끔뻑거리고 문지르는 행동을 반복했다.

"왜 그래?"

"저길 봐요, 사토미 군! 저쪽이요!"

"저쪽? 어디……."

마키가 가리킨 곳은 공장 뒷문 근처. 거기에는 손수레에 커다란 플라스틱 쓰레기통을 여러 개 싣고 운반하는 인물이 있었다. 그 인물은 튼튼한 작업복과 장갑으로 몸을 감싼 공장 직원이었다. 그리고 코타로와 마키는, 그 얼굴이 낯익었다.

"……아니, 유, 유리카?!"

"역시 제가 잘못 본 게 아니죠?!"

"잠깐, 잠깐! 공장에 잠입조사 같은 걸 하기로 했었나?!"

"그런 예정은 분명 없었어요!"

마키는 고개를 붕붕 가로저었다. 애초에 그런 일을 할 예정이 있었다면, 마키와 코타로가 여기에 있을 리가 없다. 잠입하는 게 훨씬 효율이 좋을 테니까.

"그럼 대체 저런 데서 뭐 하는 거야?! 오늘 저 녀석 일정이 어떻게 되더라?"

"분명…… 앗…….."

마키의 표정이 굳었다. 의아하게 생각한 코타로가 그녀의 얼굴을 들여다봤다. 그러자 마키는 메마른 목소리로 다음 말을 이었다.

"……오, 오늘은, 아, 아르바이트하러 간다고, 그랬어요…….."

"대체 저 녀석은 왜 매번 악의 앞잡이로 일하는 거야!!"

황급히 핸드폰을 꺼낸 코타로는 연락처에서 유리카의 이

름을 찾아 전화를 걸었다. 코타로는 그 과정에서 유리카의 새로운 아르바이트 직장이 공장이고, 그곳에서 유리 연마 작업을 한다는 말을 들었던 걸 뒤늦게 떠올렸다. 저번에는 고액 보수에 눈이 멀어 시작했다가 호되게 당했으니, 이번에는 역사와 전통을 자랑하는 견실한 동네 공장을 골랐다고 했다. 유리카에겐 잘못이 없었다. 이번만큼은 전적으로 운이 나빴을 뿐이다. 그건 코타로도 잘 알았지만, 전화를 받은 그녀에게 하는 말에 화가 실리는 건 어쩔 수 없었다.

『네에, 유리카입니다아!』

"나야!"

『어라아? 어쩐 일이세요오, 사토미 씨이?』

"됐고, 너 곧장 뒷문으로 나와!"

『으응? 전에도 분명 이런 일이 있었는데에…….』

유리카는 손수레를 내려놓고 코타로가 시킨 대로 뒷문을 통해 공장부지 밖으로 나갔다. 그리고 코타로와 마키가 숨어 있는 곳으로 이동했다.

"너, 여기서 대체 뭐 하는 거야?!"

"그건 제가 할 말이에요오. 어째서 사토미 씨랑 마키가아, 여기에 있는 건가요오? ……앗, 서, 설마아?!"

이때 무언가가 그녀의 머릿속을 번뜩 스쳤다. 최근에 비슷한 체험을 했던 기시감— 그것이 재차 유리카를 엄습했다. 저번 아르바이트 때도 분명 이런 일을 겪었다. 유리카의 등

줄기를 따라 차가운 것이 흘러내렸다.

"그래, 그 설마야. 저 공장 지하에서 박사가 얘기한 문제의 실험이 진행된다고!"

"말도 안 돼요오~!"

유리카는 온 힘을 다해 고개를 가로저었다. 기다란 양 갈래머리가 그 움직임을 따라 정신없이 흔들렸다. 사나에와 노느라 작전 회의에 거의 참여하지 않았던 유리카로서는 도저히 납득할 수 없는 이야기였다.

"요시와라 과장님은 천재예요오! 손으로 살짝 건드리기만 해도 기계보다 훨씬 정밀하게 요철을 파악하고 눈 깜빡할 사이에 매끄럽게 만든다구요오! 그리고 인망도 두텁고오, 제자도 얼마나 많은데요오! 절대로 악행에 가담할 만한 사람이 아니에요오!"

유리카의 새 아르바이트 직장은 가족 같은 회사였다. 모든 직원들이 맡은 일을 진지하게 수행했고 연대감이 강했다. 신참인 유리카를 정성껏 가르쳐 주었으며 실수하더라도 끈기 있게 지켜보았다. 그래서 유리카는 이 현실을 받아들일 수 없었다.

"그 천재 기술자들이 악당들에게 이용당하고 있는 거라고."

그러나 그 가족 같은 점이 화가 되었다. 공장은 실적이 악화되는 와중에도 직원을 차마 해고하지 못하고 아슬아슬한 줄타기를 계속해왔다. 그때 벨 테슬라 일렉트로닉스가 손을 내밀었다. 이 손을 잡으면 직원들의 봉급을 올려줄 수 있다—
그런 생각이 벨 테슬라 일렉트로닉스가 지하에서 하는 일에
대한 의문을 잠재웠다.

"거짓말이야아~! 설마 저는 또 무보수 노동을 한 건가요
오?!"

그리고 이것이 유리카가 믿고 싶지 않은 가장 큰 이유였
다. 저번 아르바이트는 일당제였기 때문에 피해는 하루치였
다. 그러나 이번에는 번듯한 아르바이트였기에 월급은 월급
날에 받기로 계약했다. 다시 말해 피해는 이번이 훨씬 컸다.

"……그렇게 되겠군."

"하다못해 작전 결행일을 월급날 이후로 미룰 순 없을까
요오?!"

문제는 월급날이 매달 25일이라는 것. 아직 한참 멀었다.
물론 작전 연기는 어불성설이다. 그게 말도 안 된다는 건 유
리카도 당연히 알고 있었지만, 그럼에도 그녀는 말하지 않을
수 없었다. 아르바이트비를 어디에 쓸지 이미 계획까지 다
세워뒀으니까.

"……포기해, 유리카."

"싫~~~어~~~!!"

유리카는 눈물을 쏟으며 그 자리에서 힘없이 쓰러졌다. 정
기구독 중인 만화 잡지. 꾸준히 사 모으는 신간 만화. 봄에
시작하는 애니메이션 굿즈. 포르트제에 다녀오느라 극장에

서 보지 못한 작품들의 블루레이 디스크. 그런 유리카의 소소한 행복들은, 본격적으로 따스해지기 시작한 봄바람에 실려 사라졌다.

　유리카의 아르바이트 직장이 이번에도 악의 소굴이었다—유리카 개인에게는 그저 악몽 같은 일이었지만, 코타로 일행에게는 오히려 좋은 기회였다.

　"이상이 니지노 양에게서 알아낸 지하 구조예요."

　하루미의 등 뒤에 공장 지하 구조도가 표시돼 있었다. 그것은 하루미의 이야기를 들으면서 클란이 만든 CG 모델이다.『으스름달』의 회의실에서라면 어려울 것 없는 일이었다.

　"생각한 것 이상으로 구조가 복잡하군. 유리카가 아주 큰 공을 세웠어."

　유리카가 공장 내부에서 일한 덕분에 원래대로라면 정찰기를 보내야 입수할 수 있을 만한 정보가 알아서 굴러들어왔다. 키리하 말마따나 유리카는 이번에 대단히 큰 공을 세웠다.

　"그 유리카는 어쩌고 있느냐?"

　"……이불 속에 틀어박혔어요. 역시 두 번이나 악의 수하가 된 충격이 많이 큰가 봐요……."

하루미는 눈을 내리깔며 슬프게 중얼거렸다. 유리카에게서 정보를 알아내는 역할은 하루미가 맡았다. 그녀가 유리카의 제일가는 친구였기 때문이다. 하지만 그런 하루미마저도 유리카를 다시 일으켜 세우는 것까지는 실패했다. 아르바이트비가 물 건너간 것만으로도 충격이 큰데, 정의의 마법소녀라는 간판에 또다시 흠집이 생기고 말았다. 유리카의 인생에서 지금보다 더한 불행은 흔치 않을 것이다. 생활비와 신념 양쪽에 치명상을 입은 유리카는 하루미에게 지하에 대한 정보를 알려준 후 그대로 쓰러지고 말았다. 분명 지금도 벽장 속에서 눈물로 베개를 적시고 있으리라.

"얘, 코타로. 어떻게 좀 해봐. 저번엔 유리카가 잘못한 거지만 이번에는 피해자잖아."

"말이야 쉽지…… 뭘 어떻게 하면 되는데?"

"나도 부탁할게! 유리카를 그냥 저렇게 두면 안 될 것 같아. 뭔가 그…… 사토미 군에게 꾸중 들었을 때 보이는 어두운 얼굴이랑 다르단 말이야!"

"카사기 씨……."

사나에와 시즈카의 부탁을 듣고 코타로는 생각에 잠겼다. 그러자 그의 얼굴에 시선이 하나, 또 하나씩 집중되었다. 비단 사나에와 시즈카만이 아니라 다른 소녀들도 같은 마음이었다.

'—확실히, 이번에는 그저 운이 나빴을 뿐이지…….'

냉정하게 생각해보면 이번에 유리카가 잘못한 점은 전혀 없었다. 안일한 마음으로 고액 아르바이트에 뛰어들지 않고 멀쩡하고 견실한 직종을 골랐으니까. 유리카가 아닌 다른 사람이었어도 벨 테슬라 일렉트로닉스가 배후에 있음을 꿰뚫어보지는 못했을 것이다. 게다가 애초에 문제가 발각되기 전에 시작한 아르바이트다.

　'그리고, 그 표정은 분명…… 좋지 않아…….'

　그리고 낙담한 유리카의 표정. 코타로도 그대로 두면 안 된다고 생각했다. 이 이상 유리카가 그런 표정을 짓게 하고 싶지 않았다.

　"……방법을 생각해보겠습니다."

　"말 잘했어, 코타로! 역시 그래야 기사님이지!"

　"사토미 군만 믿을게!"

　그리고 무엇보다도 유리카는 사나에와 나란히 무드 메이커였다. 그러니 유리카가 우울함에 빠져 있으면 모두가 영향을 받게 된다. 그런 상황이 오래가는 것을 코타로는 원치 않았다.

고백은 다리 밑에서

5월 15일 (일)

또다시 악의 수하가 되고 만 유리카. 아무리 본의가 아니라고 하지만 일단 정의의 편을 자처하는 만큼 충격은 막심했다. 코타로는 유리카가 기운을 되찾게 하려고 온갖 수를 다써보았지만, 그 결실을 보기 전에 체육대회 당일이 되었다.

"그런 일이 있었냐. 어쩐지 요즘 계속 니지노의 텐션이 낮더라니."

자초지종을 들은 켄지가 납득한 모습으로 고개를 끄덕였다. 켄지는 줄곧 유리카의 태도 변화를 의아하게 생각했다. 실제로 유리카는 지금 이 순간에도 넋이 나간 사람처럼 보였다.

"이번만큼은 그 녀석 잘못이 아니니까 어떻게든 기운을 북돋우고 싶은데…… 이게 생각보다 쉽지가 않네."

코타로는 준비 운동으로 몸을 풀면서 작게 한숨을 내쉬었다. 이제 몇 분 후면 『클럽 활동 대항 장애물 마라톤』이 시작된다. 그것 때문에라도 유리카에게 신속하게 기운을 불어넣어 줄 방법이 필요했다.

"그래서 말인데…… 뭔가 획기적인 방법이 없을까?"

하루 이틀 알고 지낸 게 아닌 만큼 코타로는 평소의 유리카에 대해 많은 걸 알게 됐지만, 지금처럼 특수한 상태에 빠진 유리카는 여전히 이해하기 쉽지 않았다. 그래서 여자 전문가 켄지에게 상담을 요청했다.

"간단해. 살며시 껴안고 키스 한 번 해줘."

"그런 거 말고."

"코우, 너 일부러 문제 난도를 올리려는 거냐?"

"그럴 리 없잖아. 진지하게 생각해, 진지하게."

"으음…… 니지노가 좋아하는 음식으로 낚아보는 건 어때?"

"안 통하더라. 주면 잘 먹긴 하는데, 다 먹으면 다시 원래 상태로 돌아가. 아무리 줘도 딱히 달라지진 않더군."

"데이트 신청을 해보는 건?"

"그것도 해봤는데, 계속 넋이 나간 사람 같았어. 계~속 땅만 쳐다보던걸."

"그럼 뭐냐, 니지노의 스승님인 나나 씨를 부르는 건 어떨까?"

"그 사람은 지금 포트르제에 있는데……. 고향과의 외교를 담당하고 있거든."

"……그럼 답이 없는데."

"그런 말 하지 마. 그 녀석, 무보수 노동이 되었다는 걸 알고도 갑자기 알바를 관두면 공장 사람들이 피해를 보니까 그럴 순 없다면서 계속 일하고 있다고."

코타로 일행이 브라운 박사 일가를 구출하고 항법 장치를 회수하는 데 성공하면 높은 확률로 공장은 곤란한 상황에 처하게 된다. 그럼에도 유리카는 지금도 여전히 공장에서 일하고 있었다. 갑자기 아르바이트를 그만두면 공장 사람들이 피해를 입기 때문이다. 쉽게 말해 유리카는 공장 동료 직원들을 못 본 체 할 수 없었다. 그리고 그것이 바로 유리카가 아직까지 우울함에서 벗어나지 못한 원인이었다. 미래를 알고 있음에도 공장 사람들이 불행을 모면하게 해줄 수 없다. ─도와줄 수 없다. 자신이 입은 피해보다도 그게 더 슬펐다. 그것이 같은 아르바이트 직장이기는 해도 적극적으로 악행에 손을 물들였던 야쿠자 사무소 때와 결정적으로 다른 점이었다.

"차라리 내가 유리카에게 용돈을 주고…… 공장 쪽은, 어떻게든 폐업을 면할 수 있게 손을 써 볼까……. 하지만 누군가가 책임을 질 필요가 있는데……."

그래서 코타로도 이제까지 유리카 문제로 이리저리 고민했다. 유리카는 분명 올바른 일을 하고 있으니까. 옳은 일을 하는 그녀를 그냥 내버려 둘 정도로 두 사람의 관계는 얄팍하지 않았다.

"……야, 코우. 너, 이제 슬슬 포기해라."

켄지는 준비운동을 중단하고 안경 위치를 고치면서 웃었다. 켄지는 코타로의 행동이 우스워서 참을 수가 없었다.

"뭘?"

"넌 그 애가 슬퍼하거나 고민하는 게…… 요컨대 불행해지는 게 싫은 거지?"

"뭐…… 그렇다고 할 수 있지."

"하지만 그렇다고 용돈을 주거나 알바 직장을 존속시키려고 고심하는 건, 이미 친구의 범주를 벗어난 행동이라고."

"어……?"

"너 자신이 어떻게 생각하더라도 말이지."

"……."

코타로는 그제야 비로소 깨달았다. 서로 계속 도우며 지내왔고, 관계가 조금씩 깊어졌기 때문에 이제까지는 깨닫지 못했다. 그걸 당연하게 생각했기 때문이다. 그러나 객관적으로 보면 확실히 평범한 친구를 상대로 이렇게까지 하는 사람은 거의 없다. 그것은 일정 이상으로 강한 인연이 그렇게 하도록 시키는 것이었다.

"너는 니지노의— 아니, 그 아이들의 불행을 못 본 척 무시할 수 없어. 그러니 단 한 명만을 선택하겠다는 당치도 않은 생각은 슬슬 버리라고. 쓸데없는 발버둥이니까."

어딜 어떻게 보나 코타로와 유리카 사이에는 특별한 인연이 있다. —약간의 불행조차 묵인할 수 없을 정도로 강한 인연이. 그것은 비단 유리카에게만 국한된 얘기가 아니다. 코타로와 다른 소녀 사이에도, 그리고 소녀들의 사이에도 있었다. 그렇기에 켄지는 생각했다. 코타로가 그 중에서 단한 명을 선택하는 건 이제 불가능할 것이라고.

"……시끄러. 난 도리에 어긋나는 행동은 안 해."

"뭐, 그건 네 사정이지. 크큭."

사고방식이 완고한 친구가 맞닥뜨린 복잡하게 얽힌 여성 문제. 확실히 소녀들이 완전히 화해하기 전까지만 해도 한 명을 선택하면 해결될 가능성이 있었다. 그러나 지금은 소녀들이 서로 손을 맞잡고 코타로를 에워싸고 있다. 켄지가 보기에는 코타로가 어느 누구에게도 상처주지 않고, 그녀들 가운데 한 명만 데리고 그 포위망에서 탈출할 가능성은 없었다. 그래서 켄지는 아직 그게 가능하다고 생각하는 코타로가 우스워서 견딜 수가 없었다.

코타로와 켄지가 함께 있는 것은 상담 때문이기도 했지만, 실은 더욱 중요한 이유가 있었다. 그것에 비하면 상담은 뒤로 미뤄도 무방한 일이었다.

"맥켄지, 슬슬 시간이다."

"응? 아아, 알았어. 그 뒤로 뭐 변경된 거 있어?"

"현재로선 아무것도. ……부탁한다. 오늘 성공 여부는 너한테 달렸어."

"이거야 원. 이런 성가신 녀석이 내 친구라니……."

켄지는 가볍게 웃고 어깨를 으쓱한 후 코타로 곁에서 떨어졌다. 곧 『클럽 활동 대항 장애물 마라톤』이 시작된다. 오늘 켄지와 함께 달리는 파트너는 코타로가 아니었다.

"……코타로, 켄지의 태도는 어떻던가?"

그리고 켄지와 교대하듯이 키리하가 다가왔다. 작전 전체를 총괄하는 그녀는 최종 확인을 위해 동료들을 만나며 돌아다니는 중이었다.

"걱정하지 마. 평소대로였어. 배짱이 참 두둑하다니까. 그 녀석은 나보다도 이런 일에 적합할지도 몰라."

"흠…… 여러 의미로 켄지의 성격 덕을 톡톡히 보게 되었군……."

코타로의 대답을 듣고 만족한 키리하는 켄지 쪽으로 시선을 옮겼다. 이때 켄지는 키가 크고 하얀 피부가 인상적인 소녀에게 말을 걸고 있었다. 그 소녀가 바로 브라운 박사의 딸, 에밀리였다. 켄지는 그녀와 함께 행동하기로 약속했다.

"그렇다곤 해도…… 이번이 처음이자 마지막이었으면 좋겠어."

"그렇지. 저 녀석은 볕이 잘 드는 곳에 있어야 할 인간이니까."

코타로도 키리하의 의견에 동감이었다. 배짱의 크기와 살아야 할 세계가 반드시 일치하는 것은 아니다. 그리고 코타로 자신도 켄지가 볕이 잘 드는 장소에 있어주길 바랐다.

"코우 오빠!"

"안녕하세요 코타로 님, 키리하 님!"

그때 코토리와 나르파가 코타로 일행을 발견하고 다가왔다. 둘 다 『사진부』라고 적힌 커다란 이름표를 몸에 붙이고 있었다.

"여기요. 코우 오빠네가 쓸 이름표예요."

"우리 것까지 받아왔어? 고마워, 킨."

"에이, 이 정도 가지고 뭘요. 그리고 다소 흑심이 있거든요."

"코타로 님, 이쪽을 보고 돌아서 주실래요?"

"아하, 이게 흑심인가."

이름표를 몸에 붙인 코타로에게 나르파가 즉시 카메라를 디밀었다. 사실 두 사람은 『뜨개질 연구회』라는 이름표를 붙인 코타로를 찍고 싶어서 이름표를 가져온 것이었다.

"그 오빠에 그 동생이네. 빈틈이 없구나."

"에헤헤……."

코토리의 얼굴이 확 밝아졌다. 그것은 극히 친한 상대에게만 보여주는 수줍은 함박웃음. 그러나 그 귀한 미소는 곧바로 얼어붙었다.

"……오, 오빠가, 설마 또……?!"

코타로의 말을 듣고 자연스럽게 켄지의 모습을 찾는 코토리. 그리고 외국인 소녀와 즐겁게 대화하는 켄지의 모습을 발견하고 말았다.

"마츠다이라 켄지, 여성을 상대하는 법에 관해서는 천재적으로군……."

키리하도 무심코 신음했다. 거리가 있는 탓에 켄지와 에밀리가 하는 이야기는 안 들렸지만, 두 사람의 사이가 친밀하다는 건 표정과 몸짓을 통해 잘 알 수 있었다. 에밀리 쪽에서 켄지의 가슴을 두드리는 모습을 보일 정도였다. 오늘까지 포함해서 불과 며칠 밖에 안 지났는데도 두 사람은 마치 오래전부터 알고 지낸 사이처럼 스스럼없이 행동했다.

에밀리는 갑작스럽게 일본에 왔기 때문에 일본어가 서툴렀다. 그리고 전학해온 지 얼마 안 된 탓에 친구도 거의 없었다. 게다가 최근에는 아버지를 만나지 못해서 불안함이 컸다. 그때 켄지가 다가왔다. 켄지는 영어를 유창하게 구사했고 사교적인 이야기도 재미있었다. 모국어가 아니다 보니 가끔 말실수를 하긴 했지만, 그것도 매력 포인트였다. 덕분에 두 사람은 금세 가까워졌고, 이윽고 친구가 됐다. 다른 사람과는 영어가 잘 안 통한다는 상황도 에밀리의 등을 밀어주었다. 켄지와는 말이 통하니까 나중에 상담해보자― 그런 경우가 많았던 것이다.

켄지는 그렇게 에밀리와 친해졌고, 이날 장애물 마라톤을 통역도 해줄 겸 함께 달리기로 약속했다.

"……제 오빠지만, 굉장한 건지 한심한 건지 모르겠네요……."

그런 켄지의 모습을 보고도 코토리는 딱히 화를 내진 않았다. 이는 사전에 켄지가 코타로 일행에게 협력하고 있다는 얘기를 들었기 때문이다. 그래서『제발 선만 지켜줘, 오빠』정도 선에서 반발심에 브레이크가 걸렸다.

"그래도 저 녀석 덕분에 에밀리를 안전하게 유도할 수 있게 됐어."

코타로 일행은 오늘, 브라운 박사 일가의 구출 및 항법 장치 회수 작전을 실시한다. 켄지가 맡은 임무는『클럽 활동 대항 장애물 마라톤』날까지 에밀리와 친해지는 것. 그리고 마라톤 때 그녀를 잘 유도하는 것이었다.

브라운 박사 일가와 항법 장치를 최대한 비슷한 타이밍에 회수한다― 이 고난도 목적을 달성하기 위해 코타로 일행은

『클럽 활동 대항 장애물 마라톤』을 이용해서 자신들의 행동을 위장할 생각이었다.

『코타로, 묘한 영파를 방출하는 사람이 세 명 있어.』

『각하, 사나에 님이 말씀하신 세 명을 영상으로 확인했습니다. 각하의 팔찌에 전송하겠습니다.』

"고맙습니다."

작전을 수립할 때 가장 난항을 겪은 부분은 「에밀리를 어떻게 구출하느냐」는 것이었다. 에밀리의 어머니 클레어의 경우에는 호텔에 연금되어 있으니 타이밍만 신경 쓰면 된다. 그런데 에밀리는 감시당하면서도 자유롭게 행동하고 있다. 그래서 그 행동을 알맞게 유도하고 확실하게 구출하기 위해서는 『클럽 활동 대항 장애물 마라톤』과 켄지가 필요했다. 즉 켄지의 노력에 모든 게 달려 있다고 해도 과언이 아니었다.

'부탁한다, 맥켄지. 그건 그렇고 설마 우리가 네 남부끄러운 재능에 의지하는 날이 올 줄이야……'

당초에는 킷쇼하루카제 고등학교에 교사로 잠입했던 선레인저에게 에밀리를 특정 타이밍에 불러내게 하는 방법을 검토했다. 그러나 그 경우 타이밍이 지나치게 적절해, 역으로 의심을 사서 배후 관계를 조사당할 우려가 있었다.

그래서 새로 생각해낸 것이 『클럽 활동 대항 장애물 마라톤』을 이용하는 방법이었다. 미리 손을 써서 코스를 변경하면 에밀리가 특정 타이밍에 임의의 장소를 통과하게끔 할 수 있기 때문이다. 또한 참가자 틈에 섞이면 코스를 자유롭게 이동할 수 있으니 코타로 일행에게 크게 유리해진다. 뿐만 아니라 큰 이벤트라서 관계자가 많으므로 단순히 선레인저가 에밀리를 불러냈을 때보다 배후 관계를 알아내기가 크게 어려워지리라는 점도 큰 플러스 요인이었다.

마지막으로 남은 문제는 에밀리를 유도하는 역할이었다. 에밀리의 입장에서 생각하자면 그녀는 거의 유괴당하는 거나 다름없다. 그러니 잘 설득하기 위해서는 켄지의 도움이 필요했다. 체육대회 날까지 짧은 기간 안에 그녀와 친해져서 신뢰를 얻을 수 있는 사람은 오직 켄지뿐이라고 판단했다.

『큰 브라더, 문제의 세 명에게 접근해서 조사해봤다호!』

『이상한 전파와 L자 모양 금속 반응을 감지했다호! 약 90퍼센트 확률로 통신기와 총을 갖고 있다호!』

『벨트리온, 상공에 소속 불명의 소형 무인기― 지구에서는 드론이라고 부르는 것이 세 기 배치되어 있사와요. 배치 대형이나 움직임을 보건대, 지상 요원의 백업으로 생각해도 무방할 것 같군요.』

예상한 바였지만 작전에는 방해물이 존재했다. 평소에 에밀리의 감시는 두 명이 맡았지만 이번에는 장거리 달리기 이벤트인 관계로 세 명으로 증원됐고, 거기에 드론까지 추가됐다. 그리고 세 명의 소지품도 위험한 물건으로 바뀌었다. 더군다나 감시의 눈이 이게 전부 다일 거라는 보증도 없었다. 이런 감시망을 어떻게 빠져나갈 것인가. 그것이 승부의 분수령이었다.

"키리하 씨, 어떻게 생각해?"

"적의 수는 상정한 범위 내다. 결행해도 문제는 없을 거야."

"오케이…… 다들 들었지? 작전을 시작한다."

코타로는 소녀들에게 말하면서 켄지에게 손으로 신호를 보냈다. 에밀리와 함께 행동하는 켄지만은 눈에 띄는 걸 피하기 위해서 통신기를 갖고 있지 않았다.

"……오빠, 괜찮으려나……."

"걱정하지 마. 맥켄지에겐 절대로 손 못 대게 할 거니까."

"부탁할게요, 코우 오빠."

그런 코토리의 마음을 아는 건지 모르는 건지, 켄지는 코타로와 코토리를 힐끗 보고 슬쩍 고개를 끄덕였다. 그러고 등을 돌린 뒤 에밀리와 대화를 계속했다.

킷쇼하루카제 고등학교는 클럽 활동이 활발하기 때문에 이 『클럽 활동 대항 장애물 마라톤』은 피날레 종목인 홍백 릴레이와 나란히 체육대회의 메인 이벤트로 인정받고 있다. 그래서 개시 1분 전이 되자, 사람들의 흥분도는 정점을 찍기 직전이었다.

"……아아…… 결국 올 것이 왔구나아……."

그렇게 주위의 분위기가 고조되어가는 가운데, 오직 유리카의 정신 상태만 정반대였다. 바로 오늘, 유리카의 아르바이트 직장이 또다시 사라진다. 당연히 월급은 받을 수 없게 되고, 살 예정이었던 만화와 블루레이는 모래처럼 손가락 사이를 빠져나가리라. 그걸로 끝이라면 그나마 다행이지만, 그녀를 잘 챙겨주던 직장 동료들까지 같은 피해를 입게 된다. 유리카 입장에서 생각하면 치명타를 연달아 맞은 셈이다. 그래서 그녀는 조금 전부터 바닥에 털썩 주저앉아 펑펑 울고 있었다.

"정신 차려, 유리카! 우는 건 나중으로 미뤄!"

"그, 그치마안…… 모두가아……."

"만약 오늘 에밀리 씨 가족을 못 구하면, 세계 각지에서 너나 직장 동료들과 비슷한 불행이 일어나게 될 거야!"

포르트제의 기술 유출은 곧 현재 산업 구조의 붕괴를 의미한다. 새로운 기술이 있는데 뭐가 아쉬워서 낡은 기술을 쓸까? 현존하는 제조 회사는 도미노처럼 도산하는 암울한 결말을 맞이하게 되리라. 온 세상 사람들이 유리카와 직장 동료들처럼 직업을 잃게 될 것이다.

"우으으…… 아, 알았어요. 힘낼게요."

유리카는 눈물을 쓱 닦고 간신히 일어섰다. 유리카는 이래 봬도 사랑과 용기의 마법소녀. 강한 자각과 의무감이 최후의 요새가 되어서 유리카의 두 다리를 지탱해주었다. 우는 건 나중으로 미뤄도 된다. 지금은 피해 확산을 막는 게 중요했다.

"유리카, 너 말이야……."

코타로는 만약 유리카가 일어서지 못하면 해주려던 말이 있었다. 등을 떠밀어줄 필요가 있지 않을까 생각했기 때문이다.

'역시 유리카도 나름대로 성장했고, 최선을 다하고 있구나…….'

그러나 다행히도 유리카는 혼자 힘으로 일어섰기 때문에 코타로는 그 말을 삼켰다. 그 대신 예정에도 없던 엉뚱한 말을 꺼냈다.

"……빨리 먹기 대결에서 카레를 너무 많이 먹지 마. 카사기 씨는 특히 자신 있다고 말했지만, 과식해서 못 움직이게 되면 곤란하니까."

"걱정 마세요오. 시즈카 씨가 작전이 끝나면 배 터지게 먹여주겠다고 했으니까요오."

"이런 점은 하나도 안 변했는데 말이지."

"네에? 뭐가요오?"

"아무것도 아냐. 자, 슬슬 시작하겠다."

"네에."

유리카는 마지막으로 한 번 더 눈가를 훔쳐냈다. 그 후 유리카의 얼굴은 싸움에 임할 때의 그것으로 바뀌었다. 코타로는 그 옆모습을 보고 한순간 『평소에도 이 얼굴로 있어주면 좋을 텐데』라고 생각했다. 그러나 이내 그건 불행한 일이라고 고쳐 생각하고 살짝 쓴웃음을 지었다. 그 순간, 시작 신호가 울렸다.

코타로 일행은 출발 전 단계에서 에밀리를 에워싸는 것처럼 원형으로 인원을 배치했다. 이는 스타트 직후의 혼란을 고려한 배치였다. 스타트 직후에는 모든 참가자가 일제히 달려 나가기 때문에 무질서한 혼란 상태에 빠진다. 그런 상황에서도 이렇게 배치해둔다면 가까이에 있는 사람이 그녀를 따라갈 수 있다는 계산이었다.

『에밀리 씨의 현 위치는 내 전방 10미터. 다들 내 마커를 따라와!』

레이스 초반. 에밀리와 제일 가까이 있는 사람은 시즈카였다. 원래 시즈카는 에밀리의 우측 전방에 있었는데, 스타트 순간의 혼란 때문에 위치가 바뀌어서 지금은 후방에서 따라가고 있었다. 코타로는 시즈카의 현 위치에서 후방으로 25미터 지점에 있었지만, 인파 때문에 시즈카의 모습은 보이지 않았다. 그 대신 코타로가 보고 있는 입체 영상 지도에는 시즈카와 켄지, 그리고 에밀리의 위치를 알려주는 마커가 표시돼 있었다. 이를 참고하면 얼마든지 뒤쫓을 수 있었다.

"사토미 씨, 기, 기다려 주세—!!"

다만 유리카는 고전을 면치 못하고 있었는데, 애초에 운동과 담을 쌓은 데다가 요령까지 없는 탓에 이 혼란 속에서 이리저리 치이는 상태였다. 그걸 알아차린 코타로는 과감한 수를 쓰기로 했다.

"유리카, 간다!"

"사토미 씨…… 엣, 꺄앗?!"

코타로는 유리카를 강제로 끌어당기고 그대로 안아 들어서 이른바 공주님 안기 자세로 달리기 시작했다. 그렇게 코타로가 유리카를 안고 달려도 유리카가 혼자 우왕좌왕하며 달리는 것보다는 훨씬 빨랐다. 코타로는 스타트 직후의 혼란이 소강상태에 접어들 때까지 이렇게 달릴 생각이었다.

"……사토미 씨느은, 가끔 자기가 되게 강압적이라는 거 아세요오?"

"오늘은 특별 케이스야!"

"2년 전에도 사쿠라바 선배에게 이렇게 해주지 않았나요오?"

그 얘기를 듣고 코타로는 자기가 그때도 같은 행동을 했다는 걸 떠올렸다. 2년 전, 하루미와 함께 참가했을 때도 코타로는 그녀를 안고 달렸다.

"사쿠라바 선배는 특별해!"

"저도 특별하다고 해주세요오!"

"넌 딱히 몸이 허약하진 않잖아!"

하루미의 경우에는 주위의 혼란 플러스 선천적으로 몸이 약하다는 큰 핸디캡이 있었다. 그런 하루미가 조금이라도 높은 순위를 달성하게 해주고 싶어서 코타로는 그녀를 안고 달린 것이었다.

"하지만…… 그렇네. 그게 벌써 2년 전 일이구나."

"그렇네요오."

"그러게. 그 무렵에는 다들 서로 싸우기만 했는데……."

코타로는 그게 2년 전 일이라는 걸 믿을 수 없었다. 그렇게 느낄 정도로 코타로와 소녀들은 많은 일을 겪었다. 코타로의 감각으로는 최소한 5년은 지난 것 같았다.

'……그때 나는 어떻게든 이 녀석들을 쫓아내려고 안달이었지…….'

그것이 코타로가 가장 믿을 수 없는 점일지도 모른다. 당시에 코타로는 지금 자신의 품안에 있는 온기를 내팽개치려고 안간힘을 썼다. 이건 유리카에게만 국한된 얘기가 아니다. 지금의 코타로를 지탱해주는 소녀들을 내팽개치려고 필사적이었다. 그때는 자신의 운명이 거기에 있음을 알지 못했으니까. 그렇게 생각하니 유리카를 안고 있는 팔에 무심코 힘이 들어갔다.

"저는 항상 심한 일을 당하기만 했죠오."

"그건 지금도 그렇잖냐."

"굳이 강조하지 마세요오. 겨우 잊을 수 있을 것 같았는데에."

"미안, 미안. 그래도 너도 조금 달라졌어."

"어떤 점이요오?"

"아주 조금…… 어어…… 뭐랄까…….."

"여기서 머뭇거리면 어떡해요오!! 칭찬할 때는 확실하게 해주셔야죠오! 확실하게!"

"무거워졌어."

"그런 건 알아차리지 마시구요오옷!!"

다행히 유리카는 코타로의 그런 감정은 깨닫지 못한 것 같았다. 덕분에 코타로는 낯간지러운 생각을 중단할 수 있었다. 그러나 지금은 화기애애하게 떠들고 있을 때가 아니었다. 해야 할 일을 하기 위해서, 코타로는 팔만이 아니라 다리에도 힘을 담았다.

제1장애물은 출발선에서 500미터 지점에 있는 어린이 공원에 설치돼 있었다. 이곳에 도착할 때까지는 콩나물시루 같은 상태가 완전히 해소되지는 않았다. 하지만 이 장애물에서는 예년대로 초등학생 수준 계산 문제가 열 문제 출제

되므로 결과적으로 이곳에서 혼잡함이 잦아들 터였다. 빨리 푼 사람은 순식간에 통과하고, 못 푼 사람은 최대 10분간 발목을 붙잡기 때문이다. 그리고 코타로는 이곳에서 사나에와 합류했다.

"여어, 사나에."

"어라, 벌써 왔어? 빠르네."

문제에서 눈을 뗀 사나에는 코타로를 보고 의외라는 듯이 웃었다. 유리카와 페어였으니 좀 더 걸릴 거라고 생각한 모양이었다.

"오늘은 미적거릴 여유가 없잖아."

"그렇지— 열심히 해야지."

코타로는 그때까지 안고 있던 유리카를 내려주고 사나에 옆자리에 앉았다. 유리카는 코타로에게 계산 용지를 건네주고 자기는 그 맞은편에 앉았다. 어린이 공원에는 문제를 풀기 위한 책상 및 의자가 잔뜩 준비되어 있었다. 주위는 다른 참가자로 북적거렸다.

"아이카는 어떻게 됐어?"

"시즈카랑 같이 먼저 갔어. 계산으로는 마키를 못 이기잖아."

"그건 그렇지."

미리 손을 써서 마라톤 루트를 바꾼 김에 그냥 문제 답도 알려주면 되지 않느냐— 사나에와 유리카는 그렇게 주장했다. 그러나 그 주장은 몇 가지 이유에서 기각됐다. 우선 규

칙을 엄격하게 따지는 코타로와 마키가 난색을 표했다. 다음으로 티아와 키리하 두 사람이 에밀리의 앞뒤에 계속 같은 사람이 있으면 의심을 사게 될 우려가 있다고 지적했다. 마지막으로 하루미와 루스가 가능한 한 다른 참가자들을 존중하고 싶다는 의견을 내놓았다. 그래서 코타로 일행은 성실하게 문제를 풀게 됐다. 다행히 시즈카와 마키만이 아니라 루스도 앞서 나갔다. 그러니 이곳에 있는 코타로 일행이 조금 뒤쳐져도 문제는 없었다.

"다음에 나올 장애물에서 활약하자고."

"몇 개는 일등으로 통과하고 싶어~!"

코타로와 사나에는 운동에 일가견이 있으니 다른 장애물 코스에서는 남들보다 앞서 나갈 수 있으리라. 코타로 일행은 브라운 박사 일가의 구출 및 부품을 회수해야 하므로 도중에 이탈해야 하지만, 그래도 최대한 높은 순위를 찍고 싶은 욕심은 어쩔 수 없었다. 코타로 일행은 역시 승부나 즐거운 일을 좋아했다.

"저는 자신 없어요오."

덧붙여서 유리카는 낙오만 간신히 면하는 게 자신의 한계라고 생각했다. 큰 활약은 바라지도 않으니까 오늘 작전의 걸림돌만은 되고 싶지 않았다.

"좋아, 다 풀었다!"

사나에는 조금 먼저 도착한데다가 원래 코타로보다 단순

한 계산에 강했기 때문에, 유리카가 두 번째 문제를 풀기 시작했을 즈음에는 마지막 문제를 다 풀었다.

"빠르네."

"너희가 왔을 때 반 넘게 풀었거든. 그럼 나 먼저 갈게~!"

사나에는 기운찬 발걸음으로 제1장애물 출구로 향했다. 거기에서 심판에게 합격 판정을 받으면 당당하게 제1장애물을 돌파하게 된다.

"오냐. 나도 금방 따라갈게."

"이따 봐요오~!"

코타로와 유리카가 한마디씩 던지자 사나에는 순간적으로 뒤를 돌아보고 가볍게 손을 흔든 다음 그대로 달려갔다.

'이런 재밌는 놀이나 승부를 좋아하는 성격은 거의 그대로구나…….'

사나에의 그런 모습을 보고 코타로는 재차 2년 전 기억을 떠올렸다. 처음 만났을 무렵의 사나에는 까칠한 성격이었지만, 재미있는 놀이나 승부를 할 때면 늘 어린애처럼 천진한 미소를 흩뿌렸다.

"사토미 씨, 우리도 얼른 풀어요오."

"아차, 잠깐 딴 생각을 했네."

퍼뜩 현실로 돌아온 코타로는 다시 유리카와 함께 문제를 풀기 시작했다. 유리카도 2년 전과는 다르게 딱히 막히는 부분이 없었기 때문에 두 사람은 거의 동시에 문제를 다 풀고 제1장애물을 뒤로 했다.

　코타로는 제3장애물에서 티아를 발견했다. 2년 전 제3장애물은 숟가락으로 탁구공을 옮기는 게임이었는데, 올해는 카레 빨리 먹기로 바뀌었다. 매년 장애물이 대폭 바뀌는 것도『클럽 활동 대항 장애물 마라톤』의 특징이었다.

　"여어, 티아."

　"음? 유리카랑 같이 오는 게 아니었느냐?"

　"걔는 제2장애물에서 막혔어."

　"아— 젓가락으로 유리구슬을 집는 거 말이지. 소녀도 다소 고생했느니라."

　"응. 그 녀석은 평소에 숟가락만 쓰잖아."

　코타로가 그녀를 따라잡을 수 있었던 이유는 티아가 제2장애물에서 약간 고전하기도 했지만, 제3장애물이 카레 빨리 먹기인 탓도 있었다.

　"근데 너, 왜 그렇게 우아하게 먹고 있냐?"

　"소녀에게도 체면이라는 게 있어서 말이다."

　"얼마 전까진 남들 앞에서도 눈치 안 보고 호쾌하게 먹었잖아."

　"그때는『외국인 유학생 티아』였지만, 지금은『포르트제에서 온 티어밀리스 아가씨』이니라. 예전과는 다르지."

티아가 제3장애물에 붙들린 이유는 바로 주위의 시선을 의식한 탓이었다. 공식적으로 발표하진 않았지만, 『아무래도 티아는 포르트제의 중요 인물인 것 같다』라는 소문은 교내에 자자했다. 평소의 언행이나 공식 행사에서의 목격 증언 등을 통해 소문이 일파만파로 퍼졌다. 상황이 그렇게 되자 티아도 내키는 대로 행동할 수는 없었다. 카레를 먹는 모습 하나조차 포르트제에 대한 악평으로 이어질 우려가 있기 때문이었다.

"덕분에 너만 2년 전이랑 같구나. 그때와는 정반대 이유이긴 하지만."

2년 전에도 티아는 빨리 먹기 존에서 난항을 겪었다. 그때 그녀는 단팥빵을 작게 뜯어서 조금씩 먹었다. 그 이유는 지금과는 다르게 그저 자신의 프라이드를 지키기 위해서였고, 코타로 일행에게 약점을 보여주지 않기 위해서였다. 그러나 시간이 흐르면서 티아는 자신의 진짜 모습을 코타로 일행에게도 차츰 보여주게 되었다.

"소녀의 진실은 그대들만 알고 있으면 되느니라."

결과적으로 티아 또한 진정한 자신을 드러내지 않는 2년 전 상태로 돌아가고 말았다. 그래도 그녀는 비관하지 않았다. 106호실에 돌아가면 마음대로 해도 된다는 걸 알고 있으니까. 그래서 그녀가 카레를 먹는 모습에서는 2년 전과 다르게 불쾌해하는 기색이 느껴지지 않았다.

"……그 말을 2년 전에 했다면 네 압승으로 끝났을 거야."

만약 2년 전에 만난 게 지금의 티아였다면, 코타로는 그녀의 사정을 알게 된 단계에서 가신이 되겠다는 말을 꺼냈을 것이다. 지금의 티아는 타인으로 하여금 그런 생각을 들게 할 만한 고귀한 의지를 갖추고 있었다. 왕의 자질이라고 표현해도 무방하리라.

"아무렴. 지금의 소녀는 위대하니라."

코타로의 말을 듣고 티아는 당연하다는 양 자신만만하게 웃었다.

"응, 나도 잘 알아."

그 자신감 넘치는 미소만큼은 틀림없이 2년 전과 같았다. 다른 점이 있다면 그것이 진실된 모습이라는 것이리라. 그래서 코타로는 살짝 웃으며 그 말에 동의했다.

"허나 솔직히 말해서…… 2년 전의 그대를 만난 것이, 어리석던 시절의 소녀라서 다행이라고 생각하니라."

"왜?"

"소녀는 지난 2년이라는 시간을, 헛되다고 생각하지 않으니까."

티아는 그렇게 말하는 순간 미소의 질을 바꾸었다. 항상 함께 있는 코타로라서 알아차릴 수 있는 정말 미미한 변화였다. 그리고 그 변화가 너무나도 눈부시게 느껴졌기 때문에 코타로는 황급히 눈을 돌렸다.

"그, 그건 그렇고…… 얼른 먹어. 이러다 늦겠다."

"그래그래. 먼저 말을 걸 때는 언제고, 참으로 변덕스러운 녀석이로다……."

그건 코타로의 얼버무림이었지만, 티아는 그의 말대로 식사를 재개했다. 먹는 모습은 여전히 우아했지만, 조금 전까지와는 다르게 그녀의 내면에서 흘러나오는 무언가가 자연스럽게 주위의 시선을 끌어당겼다. 코타로는 그 무언가의 정체를 어렴풋이 깨달았지만, 역시 깨닫지 못한 척 넘어갔다.

코타로가 키리하를 따라잡은 건 제5장애물 때였다. 키리하는 천재적인 자질을 갖고 있어서 어떤 일이든 척척 해낸다. 하지만 그런 그녀도 애를 먹는 분야가 딱 하나 있었다. 바로 완력이다. 단순한 완력만은 키리하도 평범한 여성과 다르지 않았다.

"그래서 기다리고 있는 거구나."

"그래. 2분 30초가 지날 때까지 이 장애물에서 벗어날 수 없지."

제5장애물은 받침대 위의 서로 무게가 다른 나무통 네 개를 옆 받침대로 옮기는 완력 승부 장애물이다. 키리하는 가

벼운 것부터 세 개까지는 어찌어찌 옆 받침대로 옮겼지만, 네 번째 나무통을 받침대에서 내렸을 때 기권을 선언했다. 기권할 경우 남은 나무통 하나당 2분 30초의 대기 시간이 부여된다. 키리하의 경우에는 세 개를 옮겼으니 2분 30초를 대기해야 했다.

여성 참가자는 대부분 세 번째와 네 번째 통에서 기권했고, 전부 옮긴 사람은 거의 없었다. 전부 옮기는 데 성공한 사람은 주로 시즈카처럼 격투기를 수련하는 케이스였다.

"천하의 키리하 씨도 완력에 한해서만큼은 평범한 여자애였구나."

"그것 말고도 여자애다운 부분이 많다고 자부하고 있다만."

코타로의 말투가 못마땅했는지 키리하는 원망스런 눈초리로 흘겨보았다. 지적인 인상을 풍기는 길게 째진 눈으로 그렇게 쳐다보자 코타로조차 순간적으로 가슴이 쿵쾅 뛰었다.

"……잘 알아. 항상 많은 걸 해주고 있잖아."

코타로의 생활은 키리하에게 도움받는 부분이 많다. 아침 식사는 루스와 교대로 준비하고 빨랫감이 쌓여 있으면 손수 세탁해준다. 청소도 깨닫고 보면 깔끔하게 되어 있다. 코타로가 미안하게 생각할 정도다. 그러나 힘으로 하는 일이 서투른 여자인 까닭에, 그것들은 마이너스 요소가 아니라 더욱 플러스 요소로 다가온다. 코타로는 단지 마이너스 부분 이야기를 하고 있었을 뿐이지, 플러스 부분을 잊고 있었던 것은 아니다. 그래서 코타로는 토라진 키리하를 보며 무심코 쓴웃음을 지었다.

"어휴, 사토미 군도 참 못 말린다니까요. 대낮부터 그런 창피한 말은 하지 말아주세요! 적어도 단둘이 있을 때 부탁해요!"

키리하는 얼굴을 붉히고 몸을 살짝 비틀며 양손으로 몸을 가리는 시늉을 했다. 이것은 이야기의 흐름과 크게 동떨어진 언동이었지만, 그 사실을 아는 사람은 코타로와 키리하 둘뿐이다. 주위에 있던 사람들은 코타로와 키리하의 대화를 순순히 그렇고 그런 뜻이라고 해석했다.

"아, 아니! 갑자기 뭔 소릴 하는 거야!!"

주위의 시선이 코타로에게 꽂혔다. 대개는 호기심의 시선이었지만, 개중에는 살의가 담긴 것까지 있었다. 코타로는 사나에 덕분에 영파를 느낄 수 있어서 신변의 위험을 느끼기 시작했다.

"……굳이 따지자면, 가끔은 가장 사랑하는 사람이 난처해하는 모습을 보고 싶은 소녀의 어리광이라고 할 수 있겠지."

키리하는 얼굴을 붉힌 채 평소와 같은 어조로 코타로의 귓가에 속삭였다. 그 압도적인 연기력에 주위는 완벽하게 속고 있었다.

"알았어, 알았으니까 이제 용서해 줘. 키리하 씨는 어딜 어떻게 봐도 훌륭한 여자애야!!"

"알면 됐어."

코타로는 체력에 자신이 있기 때문에 제5장애물 자체는 가뿐히 통과했다. 대신 거기에 있던 키리하의 장난에 다대한 정신적 대미지를 입었다.

　"이거야 원. 생각해보면 지난 2년간 키리하 씨에게 계속 휘둘리기만 했군……."

　냉정함을 되찾은 코타로는 키리하와 처음 만난 날부터 자신이 그녀의 손바닥 위에서 이리저리 놀아났다는 걸 새삼 깨달았다. 그에 대해서 불평하고 싶어도, 그녀에게는 대체로 정당한 이유가 있었기 때문에 화 내려야 화낼 수가 없었다. 그런 점도 놀아나고 있다고 느끼는 원인 중 하나였다.

　"그 반대야."

　"엥?"

　"내가 그대에게 휘둘렸을 뿐이지. 타임 슬립 같은 비상식적이기 그지없는 행위에 말이다."

　"그 점에 관해서는 대단히 죄송스럽게 생각하고 있습니다."

　"죄송스러워할 필요는 없어. 그거야말로 우리를 이어주는 운명이니까."

　그리고 키리하는 당연하다고 말하려는 듯이 웃었다. 코타로와 키리하의 관계는 언뜻 보기만 해서는 2년 전과 크게 달라지지 않은 것처럼 보인다. 그러나 변화는 보이지 않는 부분에서 집중적으로 일어났고, 같은 대화가 전혀 다른 의미를 갖게 되었다. 그래서 코타로는 이렇게 웃고 있는 키리하를 바라보며 그리움과 신선함을 동시에 느꼈다.

"결국, 키리하 씨에겐 당해낼 수가 없네. 처음 만났을 때도, 어릴 때도, 그리고 지금도."

"완력으로 밀어붙이면 어떻게든 되지 않겠나?"

힘이 약한 여자애 하나쯤이야 코타로가 작정하면 얼마든지 힘으로 무릎 꿇릴 수 있으리라. 그리고 애초에 키리하는 저항하지 않을 것이다.

"그게 되는 성격이었다면 애초에 일이 이렇게 되지도 않았을걸?"

그러나 코타로는 그렇게 하고 싶은 생각이 추호도 없었다. 힘을 동원해서 해결하는 건 기껏 태어난 인연을 갈기갈기 찢는 것과 다름없는 행위다. 사실상 장난치는 것에 불과한 티아와의 주먹다짐과는 근본적으로 다르다.

"그렇지. 그래서 사랑하는 거야."

"……그런 점 때문에 키리하 씨가 제일 치사하다는 거야."

"어쩔 수 없지. 제일 양보할 수 없는 거니까."

그리고 결국 이때도 코타로는 아무런 대꾸를 할 수 없었다. 제일 양보할 수 없는 것을 아까워하지도 않고 계속 당당히 드러내는 키리하를 이기려면 같은 방법으로 부딪치는 수외에는 없다. 그러나 그것은 10대 소년에게는 무척이나 어려운 일이었다.

당초 예정으로는 이 제5장애물을 기점으로 코타로 일행은 『클럽 활동 대항 장애물 마라톤』에서 이탈하여 브라운 박사 일가 구출 작전을 실행하기로 되어 있다. 제5장애물은 여러모로 편리한 장소였다. 키리하처럼 에밀리의 다리를 묶어둘 수 있을 뿐만 아니라, 같은 이유로 코타로 일행이 일단 집합해도 작위적으로 보이지 않는다. 그리고 코타로 일행은 여기에서 각자의 능력을 해방하고 저마다 맡은 위치로 흩어지게 된다. 코타로 일행에게는 이제부터가 오늘의 메인 이벤트였다.

"미안해, 아이카. 첫 참가라서 많이 기대했을 텐데."

코타로는 옆으로 다가온 마키를 보고 맨 먼저 그것부터 사과했다. 마키는 『클럽 활동 장애물 마라톤』을 줄곧 기대하고 있었다. 그래서 아무리 옳은 일을 위해서라지만, 그걸 어중간하게 끝내는 건 미안하다고 생각했다.

"아니에요. 저는 사토미 군과 만나서 새로운 삶을 찾게 되었는걸요. 이 상황을 불평하는 건 옳지 않아요."

마키는 웃으며 고개를 가로저었다. 분명 아쉽기는 했다. 그러나 자신의 소망을 위해 타인의 행복을 무시할 수는 없었다. 마키는 누군가를 사랑할 수 있게 되었으니까. 말하자면, 마키도 이제는 사랑과 용기의 마법소녀였다.

"아이카는 좋은 사람이구나."

"좋은 사람이라니, 저는 그…… 계속 악행을 저질러 왔으니까 이 정도로는……."

"그에 비해 클라리오서 황녀 전하께서는 뭐가 그리 마음에 안 드시나? 입이 엄청 튀어 나오셨는데."

겸허한 마키와 다르게 클란은 감정을 강하게 드러냈다. 어딜 어떻게 보나 얼굴에는 불만이 가득했다.

"저, 저도 딱히 작전에 불만이 있는 건 아니어요!"

"그럼, 뭐에 화난 건데?"

"그건…… 하필 이런 타이밍에 나타난 악당이어요!"

이는 클란이 고육지책으로 한 대답이기는 했지만, 마냥 근거 없는 말은 아니었다. 듣고 보니 확실히 코타로도 공감할 수 있었다.

"하긴, 이러니저러니 해도 너도 계속 이 장애물 마라톤을 기대했었지."

"아, 안 했사와요! 무슨 근거로 그런 말을—."

"그야 기대 안 했다면 그렇게 화낼 리가 있겠어?"

"윽……."

"하여간…… 네 말이 맞아. 나도 화가 나거든."

코타로 일행이 이날을 고른 이유는 이보다 더 확실한 날이 없었기 때문이다. 다른 괜찮은 방법이 있었다면 굳이 이날을 고르지 않았을 것이다. 코타로 일행에게 다른 선택지는 없었다. 그래서 코타로도 클란의 말에 공감했다.

"클란, 나중에 뭐라도 생각해볼 테니까 지금은 기분을 풀어줘. 네가 그 상태면 곤란하다고."

코타로가 그렇게 말하자 불현듯 클란의 표정이 누그러졌다.

"……확실히 이 상황에서 어린애처럼 토라져 봐야 좋을 건 없겠지요."

클란이 조금 더 투정을 부릴 거라고 생각했던 코타로는 허탕 친 기분이 들었다.

'클란 녀석, 생각보다 선뜻 물러나는군…… 아니, 아니. 지금은 이런 생각이나 할 때가 아니지!'

마키에게 한 말처럼 다정한 말을 해주길 원했다. 필요하다고 말해주길 원했다. 클란이 선뜻 물러난 건, 코타로가 한 말이 운 좋게도 그녀의 그런 소망에 부합하는 것이었기 때문이었다. 코타로는 그 점을 깨닫지 못했지만, 두 사람이 대화하는 모습을 지켜보던 루스가 즐거운 듯 웃고 있었으므로 자기가 실수하지 않았다는 것만은 알 수 있었다. 그래서 코타로는 깊이 생각하지 않기로 했다. 애초에 지금은 생각하고 있을 여유도 없었다.

"루스 씨, 모두의 현재 위치는요?"

"하루미 님과 사나에 님이 앞으로 십여 초면 목적지에 도착하십니다. 그러면 전원 배치 완료예요."

"좋아, 그럼 시작할까!"

상황 확인을 마친 코타로는 가볍게 손을 흔들어 신호를 보냈다. 그러자 신발 끈을 묶는 척하며 에밀리와 함께 멈춰 있던 켄지가 신호를 보고 일어섰다. 그리고 켄지와 에밀리는 함께 제5장애물 출구 쪽으로 달려갔다. 이렇게 『브라운 박사 일가 구출 및 항법 장치 회수 작전』이 시작되었다.

　　이 작전을 시작하기에 앞서 브라운 박사가 요구한 것은 단 하나. 가족의 안전을 최우선으로 확보해달라는 것이었다. 이 건에 관해서 박사의 주장은 명쾌했는데, 자기가 어떻게 되든 가족만 무사하다면 상관없다는 스탠스였다. 코타로 일행도 그 마음을 충분히 이해했기 때문에 작전의 제1단계는 박사의 아내 클레어와 딸 에밀리의 구출이었다.

　　이상적인 것은 클레어와 에밀리를 동시에 구출하는 것이지만, 두 사람이 처한 상황의 차이 때문에 에밀리의 구출 작전을 약간 먼저 시작하게 됐다. 에밀리는 자유롭게 움직이는 만큼 구출 과정이 더 복잡한 탓이었다.

　　『각하, 15초 후에 유리카 님이 주문 영창에 들어갑니다!』

　　오퍼레이터 루스, 특수 장비 담당 클란, 그리고 지휘를 맡은 키리하는 제5장애물 근처에 세워 둔 밴 안에 있었다. 거기에서 무선을 통해 다른 멤버들을 백업했다.

　　"알겠습니다! 클란, 드론과 적 위치는 어때?"

　　코타로와 마키는 에밀리와 켄지 후방으로 약 20미터 정도

떨어져서 달리고 있었다. 제5장애물을 떠났을 때는 100미터 가까이 떨어져 있었는데 여기까지 오는 동안 따라잡았다.

『드론은 세 기 전부 상공에서 대기 중. 역시 위에서 지켜보고만 있는 것 같사와요! 감시자들은 둑을 내려와서 이동 중인데 한 명은 포인트 B 앞쪽, 나머지 둘은 뒤쪽이어요!』

『감시자는 예상대로 움직이고 있다. 나머지는 그대들 하기에 달렸어. 부탁한다, 사토미 코타로!』

이날 에밀리에게 붙은 벨 테슬라 일렉트로닉스의 감시는 인간 셋, 드론 셋이었다. 평소에는 인간만 두 명이고 드론은 없으니, 오늘은 감시가 상당히 삼엄한 편이었다. 드론 세 기가 커다란 삼각형 대형으로 포진하여 상공에서 넓은 시야를 확보. 그리고 그 사각지대가 되는 지점으로 인간 세 명이 향한다. 상당히 효율적인 수법이라고 할 수 있었다. 총지휘를 맡은 키리하는 그 점에 다소 불안함을 느꼈다. 이런 일과 연이 없었을 기업이 하는 것치고는 수완이 너무나도 뛰어났다. 그래서 이때 그녀의 목소리에는 저절로 무게가 실렸다.

'그냥 괜한 걱정으로 끝나면 좋겠는데…… 지금 말하더라도 소용없겠지…….'

키리하는 걱정을 머리 구석으로 치우고 통신기를 대기 중인 유리카에게도 접속했다. 이제는 망설일 때가 아니었다.

『유리카, 시작해다오!』

『알겠습니다아! 퍼펙트 일루전·모디파이·에어리어 이펙

트·라지!!』

유리카는 코타로 일행 전방, 포인트 B— 다리 밑에 숨어 있었다. 현재 코타로 일행은 강을 따라 나 있는 산책로를 달리고 있으니 이제 곧 그 다리 밑을 지나치게 된다. 유리카는 그때 환술을 걸어야 한다. 코타로와 마키가 뒤엉키듯이 넘어지고, 근처에 있는 켄지와 에밀리가 두 사람을 일으켜 세워주는 환술이었다.

『맥켄지 님 일행과 각하 일행이 포인트 B에 진입합니다!』

네 사람이 다리 밑에 진입한 직후, 환술이 발동됐다. 여러 차례 연습했기 때문에 타이밍에는 한 치의 오차도 없었다. 마법은 다리 밑의 넓은 범위를 뒤덮다시피 펼쳐졌으며, 이로 인해 앞뒤에 있던 세 명의 감시자는 현실이 아닌 유리카가 만들어낸 환영을 보게 되었다. 그리고 환상 안쪽에서는 환상과 전혀 다른 일이 전개되고 있었다.

『에밀리, 내 얘기 잘 들어!』

『켄지?』

『지금부터 우리는 널 브라운 박사님께 데려갈 거야!』

켄지는 유창한 영어로 에밀리에게 말했다. 원래 영어를 잘하기도 했지만, 행여나 오해하지 않도록 최적의 대본을 준비해서 연습한 덕도 있었다. 연극부의 이름값이 아깝지 않은 순간이었다. 그리고 코타로 일행은 상황 설명을 켄지에게 맡기고 조금 떨어진 위치에서 그들을 지켜보았다.

『아빠한테?!』

『최근 박사님의 태도가 이상하다는 걸 느꼈지? 그건 너랑 클레어 씨를 인질로 잡혀서 그랬던 거야!』

『나랑 엄마가 인질?! 앗…….』

켄지의 얘기는 황당무계했지만, 사실 에밀리도 짚이는 바가 없지는 않았다. 아버지가 갑자기 일본에 가자는 얘기를 꺼낸 것. 그 이후로는 일 이야기를 하지 않는 것. 일본에 입국한 뒤로는 만나지 못한 것. 그리고 어머니 클레어가 어째서인지 호텔에서 나가려고 하지 않는 것. 그 모든 것이 협박당하고 있는 탓이라고 생각하면 아귀가 맞았다.

『하지만 설령 그 얘기가 사실이라고 해도, 켄지가 우리 편이 맞는지 뭘 보고 믿어야 하는데!』

하지만 근본적인 문제가 남아 있었다. 켄지와 그의 동료들이 정말로 아군이 맞는지 알 길이 없다는 것이었다. 설령 켄지의 말이 사실이라고 쳐도, 그가 아군이 아니라면 에밀리와 가족들이 처한 상황은 더욱 복잡해지기만 할 터다.

『그 마음은 나도 이해해! 그러니 이걸 보고 직접 판단해줘!』

켄지는 그렇게 대답하고 배후의 코타로에게 손으로 가볍게 신호했다. 코타로는 자신의 팔찌를 조작해서 공중에 어떤 영상을 투영했다.

『에밀리, 클레어, 듣고 있어?』

『아빠?!』

공중에 나타난 것은 브라운 박사였다. 에밀리는 깜짝 놀라서 할 말을 잃고 멍하니 그 모습을 바라보았다.

『지금 당장은 무슨 일인지 이해 안 되겠지만 그들 지시대로 행동해 줘. 나는 전례가 없을 정도로 골치 아픈 일에 연루됐어. 그들을 신용해도 되느냐 마느냐는 도박이지만, 그 도박에 기댈 수밖에 없는 상황이야. 불안하게 만들어서 미안해. 그래도 이번에는 내 판단을 믿어줘. 에밀리, 클레어, 사랑해.』

작전을 원활하게 수행하기 위해서는 무엇보다도 에밀리와 클레어의 신뢰를 얻어야 했다. 그러나 코타로 일행에게는 에밀리가 바로 믿게 할 방법이 없었기 때문에 미리 이 영상을 준비해두었다. 그리고 이 영상은 기대한 대로 에밀리의 마음을 흔들어주었다.

『아빠…….』

『좀처럼 믿음이 안 가겠지만, 적어도 우리는 네 아버지가 이 영상을 맡길 만한 사람이야! 부탁해, 에밀리. 우리를 믿어 줘!』

『켄지…….』

에밀리는 망설이기 시작했다. 자신이 처한 상황과 아버지와 켄지의 말을 종합해서 생각했을 때 모순은 느껴지지 않았다. 그러나 무언가가 에밀리의 마음에 걸렸다. 그것이 그녀를 망설이게 하는 요인이었다. 하지만 망설일 여유가 없었기 때문에 에밀리는 그 무언가를 솔직하게 물어보기로 했다.

『……켄지는, 이것 때문에 내게 접근한 거였어?』

켄지의 말을 믿는다면, 지난 며칠간 그가 보여준 모습은 전부 이 순간을 위한 거짓말이라는 뜻이다. 에밀리에게 보내준 그 미소가, 그 말이, 전부 연기였다는 뜻이다. 그렇다면 근본적인 부분에서 신뢰가 성립되지 않게 된다. 이 순간 에밀리의 내면에서는 두 면의 켄지가 매치되지 않았다.

『에밀리…….』

켄지는 순간적으로 말문이 막혔다. 에밀리의 말과 불안한 시선. 전혀 예상치 못한 질문이었기 때문에 그는 자신의 진심으로 답해줘야 했다.

『처음에는…… 귀여운 유학생이 왔다는 소문을 듣고 흥미가 생겨서 만나러 갔어. 난 바보니까……. 그 후에 내 친구가 네가 처한 상황에 대해서 얘기해줬고, 돕기로 마음먹었지. 그러니까 처음엔 그저 흥미로 시작했지만, 도중에 목적이 변한 거야.』

켄지는 그간 있었던 일을 솔직하게 얘기했다. 그 역시 에밀리의 신뢰가 무너지고 있음을 느꼈다. 그래서 켄지는 거기에 다른 거짓말을 더 추가하는 순간 확실하게 붕괴할 거라고 생각했다.

『하지만 가능하다면 처음부터 이 순간을 위해서 접근한 걸로 생각해줬으면 해. 안 그러면 내 동생이 날 죽일 기세로 화낼 테니까.』

『켄지…….』

『그럼 이제 어떡할까. 이런 마라톤 같은 건 그만두고 나랑 데이트라도 하는 건 어때?』

이것이 켄지의 최선이었다. 이때 켄지는 스스로가 지금처럼 진정으로 중요한 순간에는 에이스가 될 수 없음을 사무치게 느꼈다. 너무나 한심한 나머지 자기도 모르게 쓴웃음이 흘러나올 정도였다.

『……난 아빠랑 달라. 섣불리 당신들에게 걸 수는 없어.』

켄지의 말을 듣고 에밀리는 결론을 내렸다. 역시 당장은 코타로 일행을 믿을 수 없었다.

『에밀리, 우리는―.』

『그 대신 켄지, 당신에게 걸겠어. ……데이트할 때 어디로 데려가 줄 거야?』

그러나 에밀리는 켄지를 믿었다. 동생 이야기를 할 때 켄지가 보여준 얼굴이 예전에 본 것과 같았으니까. 그제야 겨우 에밀리의 머릿속에서 두 켄지가 매치되었다. 만약에 켄지가 이 상황에서도 연극부의 에이스 역할에 전념했다면, 결코 이런 결과는 나오지 않았으리라.

에밀리가 마음을 굳힌 뒤로 작전은 빠르게 진행되었다. 먼저 마키가 마법을 써서 자신을 에밀리로, 코타로를 켄지로 변장시켰다. 이어서 유리카가 마법으로 켄지와 에밀리의 모습을 숨겼고, 두 사람은 그 상태로 마라톤 코스에서 이탈했다. 마지막으로 유리카가 가짜 코타로와 마키를 환술로 만들었다. 그리고 변장한 코타로와 마키, 환술 코타로와 마키, 넷이서 마라톤을 속행했다. 이것이 클레어와 브라운 박사를 구출할 시간을 벌기 위한 작전이었다.

　"사토미 군, 일이 잘 풀릴까요?"

　마키는 걱정스러운 목소리로 나란히 달리는 코타로에게 속삭였다. 그녀의 얼굴을 덮고 있는 에밀리의 얼굴 환상은 다소 피로해 보이긴 해도 밝게 웃고 있었다.

　"그러길 바라. 여기를 잘 넘기느냐 마느냐가 작전의 성패를 좌우할 테니까."

　코타로는 켄지의 쾌활한 얼굴로 고개를 끄덕였다. 다리 밑에서 에밀리를 구출한 이유는 그곳이 드론의 사각지대였기 때문이다. 제아무리 정교한 환술일지라도 발동하는 순간에는 아주 약간의 차이가 발생한다. 요즘 영상기술로 분석한다면 그 미약한 차이를 알아차릴 우려가 있었다. 때문에 다리 밑으로 들어가서 드론의 시야를 제한했고, 환상은 세 명의 감시자에게만 보였다. 다만 그 세 명에게 간파당할 우려가 아예 없는 건 아니었다. 인간의 감각이란 간혹 기계의 성능을 초월한다. 그러므로 유리카의 마법 실력을 믿을 수밖에 없었다.

『그 점은 걱정 안 해도 되겠네요. 감시자 세 명이 다시 둑 위로 올라갔사와요.』

『드론의 움직임에도 큰 변화는 없습니다. 각하 일행 머리 위에서 삼각형 포메이션을 유지하고 있어요.』

"……일단 제1장애물을 돌파했다고 봐도 되겠군."

코타로는 안도하며 가슴을 쓸어내렸다. 이 순간만은 코타로 본인의 표정도 켄지의 얼굴 환상처럼 밝았다.

"유리카에겐 당분간 제1장애물이 계속 이어지겠지만요."

마키는 슬쩍 등 뒤를 보았다. 거기에는 환술로 만들어낸 코타로와 마키가 있었다. 이 환술은 그보다 더 뒤쪽에 있는 유리카가 실시간으로 조종했다. 달리면서 인간 두 명의 환영을 조종하는 것은 결코 쉬운 일이 아니었다. 간단한 판단력을 지닌 자율형 환영도 있긴 하지만 이런 상황에서는 쓸 수 없었다. 학급 친구들의 부름에 반응하거나 할 필요가 있으니 자율형에게는 짐이 무거웠다. 그런 면에서 코타로와 자기 자신까지 두 명의 변장을 담당하는 마키는 훨씬 편했다. 얼굴만 변장하면 됐으니까.

"힘내, 유리카."

"눼에—."

유리카의 대답에는 기운이 없었지만 코타로는 크게 걱정

하지 않았다. 이럴 때의 유리카는 실패하지 않는다. 지금까지 계속 그랬으니까.

'다른 쪽도 슬슬 움직일 때가 됐는데…… 키리하 씨는 그쪽에 불확정 요소가 많다고 했지. 별일 없으면 좋겠는데…….'

굳이 따지자면 코타로가 걱정하는 건 포인트 A— 클레어 구출팀 쪽이었다. 거리가 떨어져 있는 탓에 기도 말고는 더 할 수 있는 게 없다는 사실이 안타까웠다.

구출 작전

5월 15일 (일)

브라운 박사의 아내, 클레어는 호텔 객실에 연금되어 있다. 정확한 위치는 트래디셔널 킷쇼 14층에 있는 특실이다. 그리고『클럽 활동 대항 장애물 마라톤』코스는 트래디셔널 킷쇼 바로 옆을 통과하게 설정돼 있다. 작년까지는 다른 코스였지만 올해는 코타로 일행이 뒤에서 손을 써서 급하게 변경했다.

"꺄악!!"

그리고 바로 그 트래디셔널 킷쇼 앞에서 작은 비명이 울려 퍼졌다.『클럽 활동 대항 장애물 마라톤』에 참가한 어떤 여학생 하나가 도보 단차에 다리가 걸리면서 낸 소리였다. 그녀는 그대로 데굴데굴 굴러가다가 호텔 입구와 연결된 돌계단 앞에서 정지했다. 입고 있는 것은 흰색과 분홍색을 베이스로 깔고 많은 프릴과 리본으로 치장한 화려한 옷. 가슴에는 『코스프레 연구회』라고 쓰인 이름표가 붙어 있었다. 그 정체는 다름 아닌 코스프레 연구회의 촉망받는 신인·히가시혼간 사나에 본인이었다.

"괜찮으세요?!"

그 곁으로 정장 차림 여성이 달려왔다. 고급스러운 옷차림을 보면 어느 대기업의 접수원이나 비서 같았지만, 실제로는 그렇지 않았다. 알맹이는 올해 갓 대학생이 된 하루미였다.

"아야야야야얏, 다리를 다친 것 같아! 아야야야야얏!"

"어머, 어떡해! 피가 나잖아요!"

사나에의 무릎과 정강이에서 붉은 것이 보였다. 언뜻 보면 피가 흐르는 것 같지만, 사실은 하루미가 묻힌 가짜 피였다. 이 밑 작업을 위해서 하루미가 제일 먼저 달려 올 필요가 있었다.

"큰일 났어! 여자애가 넘어져서 다쳤나 봐!"

"구급차를 불러야 할까?"

"당연하지!"

하루미 뒤를 따라 마침 주위에 있던 사람들이 삼삼오오 모여들었다. 다름 아닌 켄이치, 하야토, 메구미— 선레인저 멤버였다. 세 사람 모두 잘 단련된 몸이라서 정장 차림이 대단히 잘 어울렸다.

"이를 어쩐다…… 아, 거기 자네. 혹시 호텔에 의무실이 있나?"

고급 정장을 입고 가발과 가짜 수염으로 변장한 다이사쿠가 나타나서 상황을 확인하러 온 호텔 도어맨에게 말을 건넸다. 그의 모습은 어느 각도로 보아도 회사 사장처럼 보였다.

"있습니다만."

"잘됐군. 이 아이는 자네 호텔의 손님이잖나. 의무실에서 상처를 봐줄 수 없겠는가?"

"알겠습니다. 이쪽으로 오시죠!"

다이사쿠의 온화한 언행에 설득당한 도어맨은 호텔 자동문을 활짝 열었다. 켄이치 일행은 힘을 합쳐서 사나에를 안으로 옮겼다. 그 뒤를 걱정스러운 표정의 하루미와 문을 닫은 도어맨이 따라갔다. 참고로 이 도어맨은 변장한 코우타로였다.

"무슨 일이지?"

"입구 앞에서 사람이 다쳤습니다. 그냥 두면 우리 호텔의 명성이…….”

"아아, 잘 판단했어. 즉시 의무실로 데려가."

"예!"

코우타로는 도어맨을 완벽하게 연기하며 무슨 일인지 확인하러 온 호텔 지배인을 절묘한 말솜씨로 물리쳤다. 이렇게 하루미와 사나에, 선레인저 다섯 명은 별 문제없이 의무실에 도착했다. 그러나 일곱 명은 그 앞을 그냥 지나치고 그보다 안쪽에 있는 금속 문을 열었다. 그 너머는 비상계단이었다.

"……휴우, 잘 풀렸네요……."

주위의 시선이 없어지자 하루미가 크게 한숨을 내쉬었다. 지금의 하루미에게 이 정도 연기는 가뿐하다. 하지만 다른 사람의 목숨이 걸려 있는 상황이었으니 아무리 쉬운 연기라고 해도 긴장하지 않을 수 없었다.

"에헤헤~ 다들 명연기였지?"

선레인저에게 들려 있던 사나에는 능숙하게 빠져나와 바닥에 폴짝 뛰어내렸다. 애초에 다치지 않았기 때문에 그 움직임에는 기운이 넘쳤다.

"코우타로. 이제 여길 통해 14층까지 올라가야 하는데, 이 호텔에서 통상 업무용으로 비상계단을 쓰는 빈도가 어떻게 돼?"

켄이치는 그렇게 물으며 정장 상의를 벗었다. 앞으로 할 일을 생각하면 움직임이 제한되는 정장 상의는 거추장스러웠다.

"종업원용 엘리베이터랑 계단이 따로 있으니까 여긴 거의 안 쓰여."

"그렇다면 우리의 주특기를 보여줄 때로군."

하야토가 애용하는 선글라스를 벗으며 씨익 웃었다. 비상계단의 조명은 비상등밖에 없어서 어두웠기 때문에 선글라스는 방해되었다.

"다이사쿠 군, 우리의 주특기라니?"

"메구가 상대적으로 약한 분야 있잖아. 말하자면 체력 승부."

"컴뱃 슈트를 입고 올 걸 그랬네……."

오늘 선레인저는 전투용 슈트를 입지 않았다. 전투용 슈트는 단순한 방어구가 아니라 신체 능력을 강화하는 어시스트 기능을 갖추고 있다. 그런 도움을 받지 않고 14층까지 계단으로 올라가는 건 메구미가 아니라 그 누구라도 눈살을 절로 찌푸릴 수밖에 없는 운동량일 것이다.

"필요하면 마법으로 신체 능력을 강화할 수도 있는데요."

"사쿠라바 교관님, 마법은 나중을 위해 아낍시다. 무슨 문제가 터질지 알 수 없으니까요."

마법은 다양한 일을 해낼 수 있지만 그 힘에는 한도가 있다. 선레인저로서는 예기치 못한 사태에 대비해서 아끼고 싶었다. 하루미도 충분히 이해되는 바였기 때문에 그녀는 순순히 고개를 끄덕였다.

"네. 그런데…… 그『사쿠라바 교관님』이라는 호칭을, 다른 걸로 바꿔주시면 안 될까요?"

"하하하! 교관님을 교관님이라고 안 부르면 뭐라고 부르겠습니까?"

하루미는 예전에 선레인저에게 마법 관련 정보를 가르치고 전투 방법을 지도한 적이 있다. 그래서 그 이후로 하루미는 선레인저에게 교관님이라고 불렸다. 마법을 쓰지 않고 계단을 올라간다는 것보다도 그 점이 더욱 신경 쓰이는 하루미였다.

"그럼 제군들, 내 뒤를 따르라~!"

『오오!』

이리하여 기운 넘치는 사나에를 선두로 앞세운 일곱 명의 남녀는 호텔 비상계단을 뛰어오르기 시작했다.

사나에는 긴급한 상황일 때면 영능력을 해방해서 영력으로 전신을 뒤덮는다. 이로써 신체 능력은 물론 방어력과 공격력까지 비약적으로 향상된다. 선레인저의 슈트와 비슷한 기능을 본인의 힘으로 구현하는 것이라고 할 수 있다. 덕분에 14층에 도착한 사나에는 숨을 전혀 헐떡이지 않았다.

"1등~!"

"이거 참, 여자애한테 지다니. 후우, 후우……."

뒤이어서 선레인저는 1층부터 단 한 번도 대열을 흩뜨리지 않고 켄이치, 하야토, 다이사쿠, 코우타로, 메구미 순으로 14층에 도착했다. 평소의 혹독한 훈련과 반복된 현장 근무로 단련된 그들은 살짝 호흡이 거칠어진 정도였다. 그나마도 금방 안정되었지만.

"……요즘 히가시혼간 양은 특별하거든요."

마지막으로 도착한 사람은 하루미였다. 하루미는 클란이 만든 PAF — 파워 어시스트 필드 — 를 쓰고 있다. 이것은 배리어 기술을 응용해서 만든 간이형 파워 어시스트 슈트인데, 원래 병약했던 그녀를 돕기 위한 장비였다. 하루미가 건강을 되찾은 이후로는 한동안 PAF가 나설 차례가 없었지만, 긴급 상황이라는 이유로 재등장하게 됐다. 그래서 하루미도 숨을 헐떡이지는 않았다.

"특별?"

"하야토 형. 여기까지 오는 길에 눈치챈 건데, 저 애는 종종 다리가 바닥에 안 닿을 때가 있어. 그리고 분명 존재하지 않는 계단을 혼자만 한 단 더 오를 때도 있고."

"정말이냐…… 공포 영화가 따로 없군……."

잡담을 주고받으면서도 선레인저는 저마다 무기를 들고 최대한 벽에 붙어서 이동하며 14층 객실 복도로 들어가는 문 근처에 집합했다. 평소와 같은 돌입 준비 절차였다.

"코우타로, 부탁한다."

"알았어."

켄이치가 말하자 코우타로는 메고 있던 가방에서 가늘고 긴 케이블처럼 생긴 물건을 꺼냈다. 문 너머를 엿볼 때 쓰는 특수 카메라였다.

"내가 볼게."

그러나 코우타로가 그 카메라를 쓰기 전에 사나에가 문 앞으로 다가가서 유체이탈 하더니 그대로 문에 머리를 밀어 넣었다.

『영~차.』

그리고 사나에는 문에 머리를 넣은 채 주위를 이리저리 둘러보았다.

"우와앗?!"

아무 예고도 없이 진짜 심령현상을 코앞에서 보게 된 코우타로는 반사적으로 몸을 뒤로 쭉 뺐다. 다른 선레인저 멤버들도 소리만 안 냈을 뿐 놀란 건 마찬가지였다.

"여러분, 놀라게 해드려서 죄송해요……. 또 다른 저는 워낙에 말괄량이라서……."

그리고 선레인저를 한 번 더 놀라게 한 것은, 유체이탈을 해서 텅 비었을 터인 사나에의 육체 쪽도 멀쩡히 움직이고 있다는 점이었다. 게다가 표정이 다소 부드럽게 바뀌었고 말과 행동도 차분해졌다. 자세한 사정을 모르는 선레인저로서는 기절초풍할 일의 연속이었다.

『괜찮아. 보이는 범위 내에는 아무도 없어─ 응? 다들 왜 그래?』

"사나에가 갑자기 빠져나가는 걸 보고 다들 놀라서 그래. 사정을 모르는 사람한테 갑자기 유체이탈 같은 걸 보여주면 어떡하니?"

『……겨우 이런 걸로 놀라다니. 아직 수행이 부족하구나, 선레인저.』

사나에가 기억하기로는 예전에 선레인저와 손잡고 싸웠을 때 영력을 쓰는 모습을 그래도 꽤 보여줬을 터다. 그래서 놀라는 선레인저가 불만스러웠지만, 실은 그때에 비해서 사나에의 영능력은 훌쩍 발전했기 때문에 놀라는 게 당연하다고 할 수 있었다. 그럼에도 불구하고 본인에게는 전혀 그렇다는 자각이 없었다.

"사나에, 그런 식으로 말하면 못 써!"

그리고 화룡점정은『유령 사나에』와『사나에 양』이 시작한 말다툼이었다. 두 사람은 서로 혼을 공유하니까 엄밀하게 따지자면 내재된 사고가 눈에 보이는 형태로 표현되고 있을 뿐이지만, 이것 역시 사정으로 모르는 사람들에게는 경이로운 광경이었다.

"……장난 아니지, 코우타로."

"응. 갑자기 두통이 나는 것 같아."

넘치는 영능력으로 세상의 구조와 인간의 상식을 무시하고 행동하는 소녀, 히가시혼간 사나에. 오늘도 그녀는 생기 발랄했다.

비상계단에서 객실 복도로 진입하자 주위가 갑자기 밝아졌다. 강습이나 잠입 작전을 펼칠 때 이러한 밝기의 변화는 빈틈을 유발한다. 그 점을 잘 숙지하고 있는 선레인저는 문 근처에서 신중을 기했지만, 혼자 돌아온 사나에는 대뜸 문을 열고 복도에 진입했다.

"거 봐. 아무도 없지?"

사나에 일행은 14층 메인 복도 끝에 도착했다. 이 호텔에서 가장 왕래가 적은 곳이라고 할 수 있었다. 그 복도를 따라가자 이윽고 엘리베이터 홀이 나왔다. 거기까지는 사나에 말처럼 아무도 없었다. 그러나 하루미는 마음에 걸리는 게 있는지 진지한 표정으로 머리 위를 올려다보았다.

"이 감시카메라를 그냥 둬도 괜찮을까요?"

사람 눈은 없어도 기계 눈이 있었다. 비상계단을 감시하는 각도로 설치 된 감시카메라가 지금도 하루미를 보고 있었다.

"교관님, 제가 아까 시스템에 침입해서 어제 영상을 보이게 손썼습니다. 유예 시간은 20분이에요."

"어머나, 코우타로 씨는 많은 일을 할 줄 아시는군요."

하루미는 안심한 듯이 웃었다. 기술적인 부분은 잘 몰랐지만 클란이나 루스가 비슷한 일을 자주 하므로 당황하지는 않았다.

"그게 제 특기거든요."

"겸손해할 것 없어, 코우타로 군. 우린 너가 없으면 기계는 건드리지도 못하니까."

"그렇게 말해주는 건 다이사쿠 형뿐이야."

코우타로는 덩치가 작아서 비교적 눈에 잘 안 띄지만 기술자로 부대에 소속돼 있다. 그 방면 실력을 높이 평가받아 배속된 것이었다. 참고로 메구미는 의사 면허를 갖고 있다. 전투요원 세 명과 기술자와 의료 종사자. 총 다섯 명이 선레인저의 표준 편성이었다.

"시간이 별로 없어. 슬슬 움직이자."

켄이치가 멈춰 서 있는 사람들에게 말했다. 하야토는 이미 엘리베이터 홀 주위를 확인하러 갔다. 홀에는 이 복도 외에도 다른 복도 두 개가 더 연결되어 있는데, 위에서 보면 T자 구조였다. 목적지인 특실은 그중 한 복도의 끝자락에 있었다.

"……"

사나에 일행이 움직이자 선행했던 하야토가 손으로 신호했다. 그 순간 선레인저의 행동은 느릿하고 신중하게 바뀌었다. 사나에와 하루미도 상황을 파악하고 그들을 따라 행동하며 하야토에게 다가갔다.

"……하야토, 상황이 어때?"

"……역시 여기부터가 진짜인 것 같군. 특실 앞쪽에 감시자로 보이는 남자가 한 명 있어."

하야토는 엘리베이터 홀 모퉁이에 몸을 숨기고 그 너머를 살피다가 정장 차림의 남성을 발견했다. 그 남성은 특별히 하는 것 없이 그저 복도를 어슬렁어슬렁 돌아다녔다. 그때 은근슬쩍 구석진 곳을 확인하거나 하는 모습을 통해 하야토는 동업자의 냄새를 맡았다.

"난처하게 됐군. 여기에서 단박에 기절시키긴 쉽지 않을 텐데."

켄이치도 복도 너머를 확인하고 이맛살을 찌푸렸다. 이상적인 해결책은 문제의 남성에게 몰래 접근해서 무력화하는 것이다. 하지만 특실이 워낙 넓다 보니 문까지는 거리가 제법 되는 편이었다. 기습이 성공할 가능성은 희박했다.

"이건 하루미가 나설 차례 아냐?"

"그렇군, 교관님이라면······! 부탁드립니다, 사쿠라바 교관님!"

"네, 알겠어요."

하루미는『교관님』이라고 불리는 건 약간 저항감이 들었지만, 요청받은 일 자체에는 이의가 없었다. 홀 모퉁이까지 전진한 하루미는 주문을 영창하기 시작했다.

『······내 안에서 나오너라, 정신의 정령. 우리의 생각을 끌어내어 엮고, 빠르게 자아내어 얕은 잠의 우리를 만들어다오!』

하루미는 양손으로 수인을 맺으면서 포르트제의 고대어 주문을 외웠다. 감시자로 보이는 남성이 알아차리지 못하게끔 목소리를 최대한 억눌렀지만, 그럼에도 듣는 사람들은 내면에서 힘이 치솟는 듯한 느낌을 받았다. 그리고 그것은 아마도 기분 탓이 아니리라. 하루미의 영창이 절정에 다다르자, 그녀 안에서 흘러넘친 남색 마력이 머리 위로 들어 올린 오른손에 집중됐다.

『닫아라, 몽환의 봉함!』

하루미는 영창을 마친 동시에 문제의 남성을 향해 오른팔을 휘둘렀다. 그러자 하루미의 오른손에 집중되었던 남색 빛이 구체로 변하여 남성에게 날아갔다. 마법은 그가 등을 돌리고 있는 사이에 발동되었기 때문에 빛의 구체가 명중하는 순간조차 남성은 아무것도 알아차리지 못했다.

"……."

빛이 명중한 직후, 빛은 남성의 몸 전체에 퍼지더니 이내 흡수되듯이 사라졌다. 그리고 남성은 고개를 살짝 숙인 채 그 자리에 멈춰 서서 움직이지 않게 됐다.

"……휴우…… 성공한 것 같아요."

마법을 사용한 하루미는 안도의 한숨을 내쉬고는 사나에와 선레인저를 보며 웃었다. 문제의 남성이 감시자라는 확실한 증거는 없었다. 그래서 하루미는 그 남성을 환각의 감옥에 가두기로 했다. 하루미가 사용한 것은 대상을 잠재우고 현실과 분간되지 않는 꿈을 꾸게 하는 마법. 남자는 당분간 그곳에서 조금 전까지 하던 일을 계속하게 될 터였다.

다이사쿠는 마법에 걸린 남성을 창가 쪽으로 옮겼다. 그렇게 하자 창가에서 풍경을 바라보고 있는 것처럼 보였다. 다른 사람이 지나가다 그를 보더라도 이상하게 여기지 않을 터였다.

"자, 드디어 최종 단계로군."

선레인저는 각자 무기를 들었다. 켄이치는 검처럼 생긴 근접전용 무기. 하야토는 위력이 강한 대형 권총. 다이사쿠는 격투전용 글러브. 코우타로는 수류탄. 메구미는 기민하게 다룰 수 있는 소형 권총이었다. 이제 그들은 객실에 돌입해야 한다.

여기서부터는 아무래도 힘으로 밀어붙일 수밖에 없었다. 사나에 덕분에 브라운 박사의 아내, 클레어의 위치는 파악했다. 뿐만 아니라 그녀 외에 감시자로 보이는 사람이 세 명 있는 것도 확인했다. 그러나 벽 너머에서 마법으로 공격하는 건 어려웠다. 예전에 유리카가 벽 너머에서 마법으로 공격한 적이 있긴 하지만 그때는 거리가 가까워서 가능했던 것이고, 이처럼 넓은 특실에서 시도하기는 곤란했다. 방 전체를 공격하는 광역 공격 마법을 썼다간 클레어까지 위험해진다. 그렇다고 한 명씩 핀 포인트로 노리면 다른 감시자가 눈치챈다. 이번에는 정확하고도 전격적인 공격에 나서야 했다.

"여러분, 조심하세요."

"과감하게 가, 과감하게!"

하루미와 사나에는 이런 습격 작전을 경험해본 적이 거의 없었다. 그래서 행여나 방해하지 않도록 공격은 선레인저에게 일임하고 후방에서 각자가 가진 능력으로 지원하기로 했다.

"다들, 가자."

켄이치가 그렇게 말하자 메구미와 코우타로가 앞으로 나섰다. 동시에 켄이치는 크게 숨을 내뱉고 카운트다운을 시작했다.

"……쓰리, 투, 원, 고!"

"왜 영어로 세?"

사나에가 고개를 갸웃한 그 순간— 다이사쿠의 주먹이 무서운 기세로 문에 격돌했다. 다이사쿠는 자신의 덩치를 십분 활용해서 모든 체중을 실은 펀치를 내뻗었다. 그리고 손에 낀 글러브는 제한적이나마 그의 전투용 슈트와 같은 기구를 갖추고 있었다. 그 일격의 위력은 암반 파쇄용 항타기에 필적했다.

투콰앙—!

물론 호텔 문은 그런 공격을 버틸 수 있게 만들어져 있지 않았다. 자물쇠 부분이 부서지며 문은 안쪽으로 기세 좋게 열렸다.

"코우타로 군!"

"맡겨줘!"

다음은 메구미와 코우타로 차례였다. 메구미는 열린 문

밖에서 실내를 향해 사격했다. 실내를 쓸어버리는 듯한 연속 사격이었으나 영자력 병기라서 총성은 거의 나지 않았다. 문 근처에는 감시자 두 명이 있었다. 그들은 문이 열리는 순간 소파에서 일어나려고 했지만, 메구미가 총을 난사하자 신속하게 바닥으로 몸을 날렸다.

"움직임은 나쁘지 않아. 상대가 나빴을 뿐이야."

그런 그들의 눈앞에 무언가가 굴러왔다. 코우타로가 던진 수류탄이었다.

파앙!

"우와앗?!"

"젠장?!"

수류탄은 폭발하는 대신에 강력한 섬광을 방출했다. 이로 인해 그들은 시각을 빼앗겼다. 그리고 다음에 빼앗긴 것은 손에 들고 있던 권총이었다.

피잉! 피잉!

"뭐, 뭐지?!"

"저격인가?!"

감시자들이 들고 있던 권총은 정체를 알 수 없는 강한 충격을 받고 튕겨 날아갔다. 섬광탄이 터진 실내에서 그게 가능하다는 사실을 믿을 수가 없었다.

"저 선글라스는 이때를 위한 거였군요."

"그냥 겉멋을 부린 게 아니었구나……."

『사나에도 참, 그런 식으로 말하면 안 된대도 그러네⋯⋯.』

감시자들의 총을 날린 것은 하야토였다. 하야토는 섬광 방어용 선글라스를 쓰고 있어서 이 빛 속에서도 사물을 멀쩡히 볼 수 있었다.

"⋯⋯날 뭐라고 생각하는 거야⋯⋯?"

"마음에 담아두지 마, 하야토! 네 일처리는 오늘도 완벽하다고!"

마지막은 켄이치였다. 켄이치는 섬광이 잦아드는 동시에 실내에 돌입. 시각과 총을 빼앗기고 우왕좌왕하는 감시자들을 자신의 무기로 때려눕혔다. 무기의 모양새는 검처럼 생겼지만, 베는 대신에 가격한 상대를 고전압으로 기절시키는 기능을 갖추고 있었다. 두 명의 감시자는 허무하게 의식까지 빼앗겼다.

"강해⋯⋯."

하루미는 선레인저의 전투를 보고 놀랐다. 문이 열리고 두 명의 적이 쓰러질 때까지 10초도 채 지나지 않았다. 물 흐르는 듯 자연스러운 팀워크와 극히 우수한 개개인의 전투 능력이 시너지를 일으킨 결과였다.

"선레인저, 멋있어! 역시 히어로야!"

하루미 일행이 아는 선레인저는 항상 고전하는 이미지였다. 저번에 하루미가 마법에 대처하는 방법을 가르치러 갔을 때도 그랬다. 하지만 그건 어디까지나 익숙하지 않은 특수한 상황이었기 때문이지, 그들이 약하다는 뜻은 아니었다. 그것 사실을 지금 하루미와 사나에에게 똑똑히 증명한 셈이었다.

탕탕탕―!

"아차차차?!"

느닷없이 울려 퍼지는 총성. 그 소리를 들은 순간 방 안에 있던 켄이치가 다급하게 몸을 숙였다. 특실에는 큰 방 하나와 침실 두 개가 있다. 그 침실로 들어가는 문 하나에 구멍이 세 개 뚫렸다. 문 너머에서 사격한 것이었다.

"역시 한 명은 저기에 있었나!"

"한 명이라면 내게 맡겨! 하루미, 부탁해!"

사나에는 다짜고짜 문 쪽으로 달려갔다. 사격은 여전히 계속됐기 때문에 총탄은 당연히 사나에 쪽으로 쏟아졌다. 문 너머에서 쏘는 것이라 조준 사격은 아니었지만, 그중 몇 발이 정확히 사나에를 향해 날아들었다.

『내 부름에 응하여 춤춰라, 바람의 정령! 소용돌이치는 폭풍이 되어 화살과 총알의 비를 뿌리쳐다오! 휘몰아쳐라! 대기의 대방패!!』

하지만 총탄은 때마침 발동된 하루미의 마법에 튕겨나갔다. 사나에는 그대로 크게 점프하며 날아 차기 자세로 문을 향해 돌진했다.

"타~앗!"

띠용—.

힘찬 기합과 함께 사나에의 별로 아파 보이지 않는 발차기가 문에 명중했다. 그러나 연속적인 사격으로 인해 벌집처럼 변할 정도로 손상됐음에도 불구하고, 사나에에게 걷어차인 문은 미동조차 하지 않았다.

"아, 아니이이이잇?!"

영락없이 차서 부술 거라고 생각했던 선레인저는 예상 밖의 전개에 아연실색했다. 그러나 사나에의 공격은 거기서 끝난 게 아니었다.

"……사나에, 너 진짜…… 또 갑자기 그런 짓을……."

『사나에에에에에에 크래~시!!』

"꺄아아아아아아아아아악!!"

문 너머에서 『유령 사나에』의 우렁찬 기합과 마지막 감시자로 여겨지는 여성의 비명이 들렸다. 발바닥을 통해 유체이탈해서 문을 통과하고 영체로 몸통 박치기. 영력을 따로 제어하지 않고 단순히 방출하는 것과 흡사한 기술이다. 그래서 대상과 거리가 멀면 명중률과 위력이 극단적으로 내려가서 쓸 만한 게 못 된다. 대신에 가까이 붙기만 하면 절대적인 위력이 보장됐다.

"……오늘 본 것 중에 최고로 황당무계하지. 코우타로?"

"과학이란, 대체 뭘까……."

"죄송해요, 죄송해요! 우리 사나에 대신에 사과할게요!"

『보았느냐! 정의는 반드시 승리한다! 에헴!』

이처럼 『사나에 양』이 연신 머리를 숙이는 가운데 『유령 사나에』는 일격으로 마지막 감시자를 쓰러뜨렸다.

다행인지 불행인지 사나에가 벽 너머로 공격하는 광경을 본 ─ 영체는 보이지 않았지만 ─ 덕분에 클레어는 상황을 빠르게 이해했다. 그녀는 상식적인 사람이라서 사나에의 공격을 포르트제 기술로 착각했다. 그리고 그녀는 딸 에밀리와 다르게, 남편 브라운 박사가 처한 상황을 충분히 이해하고 있었다. 그래서 브라운 박사의 영상을 끝까지 보기도 전에 상황을 완벽하게 파악했다.

"에밀리는, 에밀리는 무사한가요?!"

"안심하세요. 우리가 돌입하기 전에 구출했으니까요. 다른 쪽이 실패했다면 클레어 씨의 구출도 시도하지 못했을 거예요."

역시 어머니답게 그녀의 최대 관심사는 딸 에밀리의 안부였다. 그러나 하루미가 정중하게 설명하며 웃어주자 클레어는 안도의 한숨을 크게 내쉬었다.

"아아…… 다행이다……. 그럼 그이는요?"

물론 브라운 박사 쪽도 잊지 않았다. 클레어는 어머니인 동시에 아내이기도 했다.

"클레어 씨와 에밀리 양을 구출하는 대로 브라운 박사의 구출 작전을 개시하기로 돼 있습니다. 그러니—."

"얼른 나가죠. 준비는 미리 해뒀어요."

클레어는 단호하게 말하고 그녀가 쓰던 침실의 드레스룸에서 애용하는 가방을 꺼냈다. 가방 안에는 도망칠 때 챙겨야 할 물건이 전부 들어 있었다. 일본에 오기 전부터 브라운 박사에게 항상 그런 준비를 게을리하지 말라는 당부를 받은 덕분이었다.

"클레어 씨, 이쪽으로 오세요. 비상계단으로 내려가서 미리 준비한 차량으로 이동할 겁니다."

이야기가 얼추 정리됐다고 생각한 켄이치는 클레어를 특실 입구로 불렀다. 일단 사전에 하루미가 결계 마법을 펼쳐서 주위에 소리가 새어나가는 걸 막기는 했지만, 그래도 막지 못하는 요소가 있었다. 공격할 때 건물에 전달되는 진동 등이 그렇다. 그것이 불만사항으로 로비에 전해졌을 가능성을 배제할 수는 없었다. 그리고 감시자들의 연락이 끊겼으니 적이 본격적으로 움직이기 시작할 우려도 있었다. 최대한 빠르게 이곳에서 벗어나고 싶은 심정이었다.

"잘 부탁드리겠습니다!"

클레어가 출발 준비를 마치자 선레인저가 그녀 주위를 둘러쌌다. 이제부터는 그녀의 안전을 지키는 게 최우선이었다.

"좋아, 다들 나가자!"

하루미와 사나에, 선레인저는 클레어를 구출하고 특실을 뒤로 했다. 이제는 돌입 과정의 역순으로 비상계단으로 1층까지 내려가야 한다. 그리고 『다친 장애물 마라톤 선수를 수송하기 위해 부른 구급차』를 타고 호텔을 떠나면 된다. 물론 그 구급차에는 코타로 일행이 타고 있을 예정이었다.

　에밀리와 클레어를 성공적으로 구출했기 때문에 작전은 최종 단계에 돌입하게 됐다. 브라운 박사 본인의 구출 및 노획당한 항법 장치의 회수다. 실은 이날, 예의 항법 장치를 이용한 실험 계획이 잡혀 있었다. 그 실험을 진행하기 위한 시설은 유리카가 아르바이트를 하는 공장 지하에 있었고, 박사와 항법 장치가 함께 올 예정이었다. 다시 말해 이 타이밍이라면 박사와 항법 장치를 동시에 회수할 수 있으니 코타로 일행에게는 천재일우의 기회. 때문에 다소 무리해서라도 이날 승부수를 띄울 필요가 있었고, 그런 이유에서 같은 날에 개최되는 『클럽 활동 대항 장애물 마라톤』을 위장용으로 선택한 것이었다.

　『지금 막 하루미한테서 연락이 왔는데, 클레어 씨 구출에 성공해서 호텔을 떠났다고 한다호!』

　『에밀리의 구출에도 성공했으니, 이제 유리카의 아르바이트 직장에서의 작전을 결행해도 된다호!』

"유리카의 아르바이트 직장에 박사와 항법 장치가 오면 되찾으면 되는 거지?"

"그래. 유리카의 아르바이트 직장에 돌입해서 표적을 되찾기만 하면 되니라. 복잡하게 생각하지 않아도 되니 편하고 좋구나."

『제발 제 아르바이트 직장이라고 부르지 좀 마세요오!』

현재 유리카의 아르바이트 직장— 공장 근처에 있는 인원은 시즈카와 티아, 그리고 하니와 두 대였다. 이미 에밀리와 클레어의 구출에는 성공했으므로 박사를 태운 리무진과 항법 장치를 실은 트럭이 오는 대로 공격을 실시할 예정이었다.

"루스, 코타로 일행 쪽 상황은 어떠냐?"

『포인트 C…… 유리카 님의 아르바— 전하 일행이 계신 위치로 이동하고 계십니다. 도착까지 10분 쯤 걸릴 것 같아요.』

『그러면 박사 쪽이 먼저 도착한다호—!』

『우리 힘만으로 해결해야 할 것 같다호—.』

각자 맡은 작전을 성공리에 마친 코타로 일행과 하루미 일행은 티아 일행이 있는 곳으로 출발했다. 하지만 이 장소에서 작전을 결행할 때까지는 도착 못할 것 같은 분위기였다. 이제 몇 분 뒤면 박사와 항법 장치가 도착할 터였다.

"우리 힘만으로 해야 한다니……."

"불안하느냐?"

"그야, 조금은. 다만 자세히 얘기하자면, 힘으로 밀어붙이는 싸움은 여자로서 좀 그렇지 않나 하고 생각하던 차였어."

"그대의 경우에는 체중이 늘어나니 더욱 그렇겠구나."

"티아도 참, 그 얘긴 왜 굳이 하니? 기껏 잊고 있었는데."

티아와 시즈카가 이곳에 배치된 이유는 둘 다 능력이 극단적으로 공격에 치우쳤기 때문이다. 두 사람은 몰래 침투하거나 연기로 적을 속이는 것보다는 힘으로 날려버리는 게 특기다. 오늘 같은 경우 그래도 되는 건 두 개의 작전이 종료된 후에 이곳에서 펼칠 작전 정도일 것이다. 그래서 두 사람은 이곳에 배치되었고, 공격을 제외하고 약간 불충분한 분야를 서포트하기 위한 하니와들이 붙게 되었다.

『사나이가 무엇인지 보여줄 때가 왔다호!』

『드디어 크게 활약할 시간이다호!』

하니와들은 자신들이 티아와 시즈카를 지켜주겠다고 벼르고 있었다. 그 모습을 바라보던 시즈카는 속으로 문득 중얼거렸다.

'정말로 그렇게 해준다면 짐이 좀 줄어들 텐데……. 아니면 박사와 부품이 좀 늦게 오게 수를 써준다든지…….'

시즈카는 코타로가 망설이지 않고 그녀를 이곳에 배치한 것이 약간 불만스러웠다. 시즈카가 생각하기에 코타로의 머릿속에 있는 자신의 모습은 힘으로 밀어붙이는 이미지가 강한 듯했다. 시즈카는 장애물용 요리를 준비하던 때부터 계속 두르고 있던 앞치마를 살며시 어루만지며, 앞으로는 코타로의 인식을 바꾸기 위해 노력해야겠다고 새로이 결의했다.

"후후훗, 소녀 이상으로 활약하는 건 쉽지 않을 게다."

『안 진다호—!』

『근성을 보여주겠다호—!』

"좋다, 좋아! 모름지기 전사라면 그런 기개가 있어야지!"

반면에 티아는 시즈카와 정반대로 생각했다. 그녀는 애초에 승리를 자기 손으로 쟁취하고 싶어 하는 성격이다. 또한 코타로가 자신에게 가장 중요한 포지션을 일임했다는 점에 적잖은 프라이드를 느꼈다. 그래서 티아는 그의 기대에 어긋나지 않게 화려한 승리를 거두어서, 가신에게 주군의 위대한 모습을 보여줘야겠다고 생각했다.

'그 녀석은 솔직하게 굴지를 못하니 알기 쉬운 승리가 필요하니라. 부상자가 없고, 주변 피해가 제로라면 찍 소리도 못할 게야. 살상 병기는 초기에 발을 묶기 위한 용도로만 써야 하겠지. 시즈카는 파워가 너무나도 강하니, 이번엔 소녀의 솜씨를 보여줄 국면이로다!'

그리고 대승리를 자랑스럽게 코타로에게 보고하고 칭찬을 받아주겠다. 말만 하는 게 아니라 물리적으로 칭찬해준다면 금상첨화. —티아는 거기까지 가야 가야 비로소 이번 작전이 종료된다고 생각하고 있다. 용맹스러운 동시에 소녀다운 욕심이 넘쳐 흐르는 티어밀리스 황녀 전하였다.

『티아 전하, 준비하십시오. 약 1분 후면 박사를 태운 승용차와 항법 장치를 실은 트럭이 도착합니다.』

"코타로 일행은?"

『쉬지 않고 이쪽으로 오고 계십니다만, 역시 도착할 때까지는 시간이 걸릴 것 같습니다.』

"결국 소녀들뿐이로군…… 뭐, 좋다. 바라는 바이니라."

"신호등 한 번 안 걸린 건가…… 운도 좋네."

티아와 시즈카는 차량 도착에 대비해서 가볍게 준비했다. 눈에 띄지 않게 속공으로 끝낼 필요가 있으므로 시즈카는 변신하지 않았고, 티아는 초동 제압을 위해 무소음 레이저 라이플을 들었다. 차량 두 대가 공장 부지에 진입한 순간부터 승부. 높은 담벼락이 주위의 시선을 차단하고 있으니 단시간이라면 전투도 가능하다. 그런데 이때 뜻밖의 정보가 날아들었다.

『티어밀리스 씨, 차량 두 대가 전부 반전! 돌아가고 있사와요!』

"뭣이?!"

상공의 무인기를 조종하며 주위를 감시하던 클란이 놀라운 정보를 보냈다. 지금까지 박사와 항법 장치를 실은 승용차와 트럭은 안전운전으로 순조롭게 티아 일행이 있는 공장으로 이동했다. 예상과 다른 교차로에서 방향을 전환하는 경우도 있었지만, 최적 루트는 그때그때 상황에 따라 달라지는 법이니 그 정도는 예상한 범위였다. 그래서 첫 번째 방향 전환은 클란도 그냥 넘어갔다. 충분히 말이 되는 루트라고 생각했기 때문이다. 기묘한 건 그 직후 두 번째 방향 전환이었다. 이 두 번째 방향 전환으로 두 대의 차량은 티아 일행이 있는 공장에서 완전히 등을 돌렸다. 뿐만 아니라 속도가 더욱 빨라졌고 교통 법규도 무시하기 시작했다. 그 광경을 본 클란은 황급히 티아 일행에게 보고했다.

"여기서 꾸물댈 수는 없지. 어서 쫓자꾸나!"

시즈카는 깜짝 놀라기만 했지만, 티아는 말하기가 무섭게 시공의 구멍을 열고 이동용 소형 비행기를 『으스름달』 —『청기사』는 아직 수리 중이라서 지구에 없다 — 에서 불러냈다. 대신에 여기에 올 때 타고 온 새 자전거를 아쉬운 듯 『으스름달』로 보냈다. 그리고 티아는 비행기의 캐노피를 열고 재빨리 거기에 탑승했다.

"들킨 걸까?!"

『우리도 같이 가자호—!』

『두고 가지 마라호—!』

시즈카는 걱정스러운 듯 중얼거리며 마찬가지로 조종석에 탔다. 뒤이어서 하니와들은 부조종석에 앉은 시즈카의 무릎 위에 올라탔다. 이 비행기의 체급은 경차 수준이지만, 2인승인 데다 광학 위장 기능을 탑재한 우수한 물건이다. 다만 비행 소음까지 완벽하게 차단되는 건 아닌 까닭에 비상시가 아니고서야 쓰고 싶지 않았다. 그리고 지금이 바로 그 비상 시였다.

"그럴지도 모르니라! 애초에 줄타기 같은 작전이긴 했으니까!"

이번 작전에는 어떻게 해결할 수 없는 변수 몇 개가 존재했다. 인간 특유의 변덕, 바로 아래층 객실 사람이 신경질적인 경우 등이 그 예시다. 에밀리와 클레어의 구출 사실을 벨 테슬라 일렉트로닉스가 절대 못 알아차리게 하기란 사실상 불가능했다.

"키리하, 소녀들은 이대로 차량을 쫓겠다!"

『아니, 그대들은 지금부터 내가 말하는 지점으로 이동하길 바란다.』

"뭔가 손을 써 두었는가?"

『일단 준비는 해 뒀어. 티아 황녀가 방금 한 말마따나 원래부터 줄타기 같은 작전이라는 걸 알고 있었으니까.』

물론 그런 리스크를 알고도 그냥 내버려 둘 키리하가 아니다. 모종의 사정으로 정보가 유출되었을 경우에 대비해서 미리 준비를 해두었다. 다만 이것 또한 새로운 리스크를 품고 있었다. 아직 안심할 수 있는 상황은 아니었다.

키리하가 준비한 것은 클란의 도움을 받아 신호등을 해킹하는 것과 대지의 백성 부하들을 동원하여 가짜 도로 공사로 통행을 제한하는 것이었다. 신호등을 제어하고 곳곳에 가짜 공사 현장으로 통행을 제한해서 두 대의 차량을 원하는 장소로 유도할 심산이었다.

그러나 이 방법에는 당연히 리스크가 있었다. 애초에 이렇게 대대적인 작업을 넓은 범위에 적용하는 건 무리가 있기 때문에, 쓸 수 있는 상황은 적이 도착하기 직전에 눈치챘을 경우로 국한될 수밖에 없었다. 또한 『해킹을 당국에 들킨다』, 『가짜 공사가 경찰 눈에 띈다』, 『문제의 차량이 가짜 공사를 무시하고 강행 돌파한다』 등의 리스크가 가득했다. 하지만 이번 기회를 놓치면 박사와 항법 장치는 경계 태세가 더욱 삼엄한 곳으로 옮겨지게 될 터였다. 그러면 훨씬 복잡하고 규모도 큰 구출 작전을 펼쳐야 하게 되므로, 키리하는 이 모든 리스크를 알고 승부에 나섰다.

"키리하, 지정 포인트에 도착했느니라. 그쪽 상황은 어떤가?"

『어떻게든 유도하고 있어. 그렇지만 역시 완벽하진 않아. 티아 황녀, 그쪽에서 북북동 400미터 지점에 있는 건물이 보이는가?』

키리하가 최초로 지정한 포인트는 중계 지점 같은 장소였다. 차량 두 대의 움직임을 완벽하게 예상하는 건 불가능하므로 키리하는 예상 범위 중심 부근에 티아 일행을 배치했다. 거기에서라면 차량이 어디로 향하더라도 티아 일행이 급행할 수 있을 터였다.

"음, 낡아빠진 빌딩이 몇 개 보이는군."

『거기로 이동해 줘. 녀석들은 아무래도 그쪽으로 향하는 것 같다.』

티아 일행이 포인트에 도착하고 나서 얼마 지나지 않아, 브라운 박사와 항법 장치를 실은 차량의 목적지가 판명됐다. 킷쇼하루카제시 교외에 있는 폐허가 된 오래된 리조트 시설이었다. 그곳은 고도 경제 성장기에 개발되었지만 성장이 둔화하면서 이용자가 급감했고, 킷쇼시와 하루카제시가 합병될 무렵에는 완전히 버림받아 폐허로 전락했다.

"그런 곳으로 도망쳐서 어쩌려는 속셈이지?"

티아는 고개를 갸우뚱했다. 티아는 적이 도망칠 생각이라면 비행기나 배를 쓸 거라고 짐작했다. 포르트제와 국교를 수립하고 기술 유출에 관한 법률을 제정한 나라는 아직까지 일본이 유일하다. 그러니 상황이 이 지경이 된 이상 강경책으로써 일단 국외로 탈출을 꾀할 거라고 생각했다. 그럼에도 불구하고 산속으로 향하고 있었으니 티아는 통 이해가 되지 않았다.

"미리 비밀기지라도 만들어두었나?"

『그것까진 알 수 없지만, 어쨌거나 도망치지 못하게 막아야 해.』

"지당한 이야기이니라! 급행하겠다!"

티아는 조종간을 틀어서 타고 있는 소형기를 크게 선회시켰다. 그러자 문제의 빌딩 숲이 시야 정면에 들어왔다. 작기는 해도 어엿한 비행기이니 필시 박사와 부품을 실은 차량보다 먼저 도착할 것이다. 그들이 목적지에서 무엇을 할 생각인지는 알 수 없지만, 가지 못하게 막는다면 문제될 건 없을 터였다.

"티아, 어떻게 공격할 거야?"

"먼저 트럭을 레이저로 포격할 게다."

"뭐어? 그런 거친 방법을 써도 괜찮을까?"

"항법 장치는 부서져도 딱히 상관없느니라."

"아, 그건 그러네."

티아 일행의 목적은 기술 유출을 막는 것이지 항법 장치를 무사히 회수하는 게 아니다. 이제까지 포격을 하지 못한 이유는 그저 무고한 민간인이 휘말리는 상황을 피하고 싶었기 때문이다. 하지만 지금은 차량 두 대가 시가지를 벗어났으니 민간인 피해를 우려하지 않고 거리낌 없이 쏴도 된다. 화물칸을 조준해서 공격하면 무사히 목적을 달성할 수 있을 터였다.

"그리고 승용차에 탄 브라운 박사는 시즈카, 그대가 직접 가서 구출하거라."

"힘으로 밀어붙이는 거구나."

"글쎄다. 굳이 따지자면 섬세하게 구출하고 싶기 때문에 그대를 보내는 게야."

승용차 쪽은 트럭보다 크기가 작은 데다 사람이 타고 있으니 포격으로 저지할 수는 없었다. 진로를 방해하든, 옮겨 타서 구출하든 시즈카가 직접 가는 쪽이 정답이리라.

"그것도 그런가. 그래도 지원은 잘 해줘야 한다?"

시즈카는 그렇게 말하며 앞치마를 벗고 조종석의 수납공간에 넣었다. 얼마 전에 새로 산 소중한 앞치마를 싸우다가 구멍을 내거나 태우거나 하는 건 싫다. 이 앞치마에는 기도하는 의미도 담겨 있으니 특히 그렇다.

"오냐, 걱정 말거라."

기이잉— 콰아아아아아아—.

티아는 웃으면서 조종석 캐노피를 열었다. 그러자 조종석에 공기가 대량으로 유입됐다. 시속 수백 킬로미터에 달하는 속도로 비행하고 있으니 공기저항은 말도 못 할 정도였다. 그러나 시즈카는 마치 그걸 전혀 못 느끼는 것처럼 기체 밖으로 나갔다. 우주를 누비는 화룡제의 힘이 깃든 시즈카에게 이 정도는 산들바람이나 다름없었다.

"……사나에도 그렇지만, 시즈카도 꽤나 인간과 동떨어지게 되었구나……."

티아는 떨떠름하게 웃으며 캐노피를 닫았다. 참고로 그녀는 개인용 배리어로 몸을 보호하고 있어서 시즈카처럼 대기의 압력에 영향을 받지 않았다. 그래서 캐노피를 닫는 동작도 편안했다. 이어서 티아는 통신기의 스위치를 넣었다.

『……방금 뭐라고 했어?』

그러자 통신기에서 곧바로 시즈카의 목소리가 들려왔다.

'정확히 알아듣지는 못했다만, 그런 상황에서 작은 혼잣말을 알아채다니……. 얼마나 귀가 좋은 게냐…….'

이실직고했다가 그녀가 삐치기라도 하면 곤란하다. 그래서 티아는 대충 얼버무렸다.

"즉시 공격을 개시하라고 말했느니라."

『오케이! 그럼, 잠깐 다녀올게!』

시즈카는 마치 저녁 장을 보러 나가는 것처럼 가벼운 말투로 말하고 비행기 상부 장갑을 박차며 날렵하게 하늘로 날아올랐다. 시즈카는 화룡제의 힘으로 하늘을 날 수 있었다. 그녀는 마치 미사일처럼 깔끔한 곡선을 그리며 두 대의 차량 쪽으로 날아갔다.

"좋아, 소녀도 시작하도록 할까."

티아가 화기관제 시스템을 기동하자 기체의 양 날개에 탑재된 레이저포가 움직였다. 그리고 티아가 포격을 시작한 것은 먼저 앞서간 시즈카가 승용차에 붙은 바로 그 순간이었다.

티아의 소형기에 탑재된 레이저포는 화기 관제시스템과 연동, 작동하며 티아의 시선을 추적해서 해당 지점을 조준한다. 그래서 티아가 방아쇠를 당기면 현재 보고 있는 위치에 그대로 꽂힌다. 탄속은 빛의 속도와 동일하므로, 지구의 전투기가 일반적으로 사용하는 머신건과 다르게 적의 이동 지점을 예측해서 조준을 보정할 필요가 없다는 게 이 무기의 가장 뛰어난 장점이었다.

"이건 어떠냐!!"

시즈카의 돌격에 맞춰서 티아는 조종간의 방아쇠를 당겼다. 그러자 레이저는 조준한 대로 트럭 화물칸에 꽂혔다. 그 결과 트럭 화물칸은 벌집처럼 구멍이 숭숭 뚫렸고 뒷바퀴를 하나 잃었다.

"고, 공격받았어?!"

"놀라고 있을 때냐! 죽기 싫으면 얼른 멈추고 내리자고!!"

가드레일에 차체를 긁듯이 정지한 트럭의 운전석과 조수석에서 남자 두 명이 뛰어내렸다. 그 후 몇 초도 되지 않아 화물칸에서 불길이 피어올랐다. 티아의 포격으로 연료 탱크에도 손상이 간 것이었다.

"트럭을 멈췄다, 시즈카!"

『총이야! 총을 쏘고 있어! 무서워, 무서워!』

그 무렵 시즈카는 빗발치는 총탄 속에 있었다. 승용차 조수석과 뒷좌석에 타고 있던 남자들이 시즈카의 접근을 깨닫고 권총으로 쏴대기 시작했다.

『살려줘~! 티아~!』

『……그 정도로는 상처 하나 안 나잖느냐.』

『아르 아저씨 기준으로 말하지 마~!』

현시점에서 단독 생물로는 우주 최강이라고 해도 과언이 아닌 시즈카에게 권총탄쯤은 그야말로 스치는 빗방울이나 다름없다. 대구경 권총에 맞더라도 따끔한 정도로 끝날 것이다. 그녀를 쓰러뜨리려면 구조물이나 기동병기 파괴용 무기가 필요하다. 하지만 육체가 아무리 강화되었을지언정, 내면은 어디에나 있는 평범한 여고생이다. 현실감이 부족한 대형 병기보다는 권총이나 나이프처럼 상상하기 쉬운 무기에 공격당하는 게 훨씬 무서웠다.

"기다려라, 지금 어떻게든 해 보마!"

티아는 재빨리 무기 셀렉터를 조작해서 기체에 탑재된 다른 무기로 전환, 제대로 조준도 하지 않고 발포했다.

터엉—!

이 무기는 정확하게 사격할 필요가 없다. 표적 근처에 도달하기만 하면 된다.

파앙!

"시즈카, 돌격하거라!"

『응!』

티아가 쏜 것은 섬광탄이었다. 섬광탄은 시즈카의 약간

뒤쪽에서 폭발하며 강력한 빛을 방출했다. 차창 밖으로 몸을 내밀고 하늘에 떠 있는 시즈카를 쏘아대던 세 명은 이 강력한 섬광에 정통으로 노출돼서 일시적으로 눈이 멀었다.

애초에 브라운 박사가 타고 있는 차를 포격할 수는 없다. 그리고 시즈카가 상공에서 미끼가 되어준다면 섬광탄이 베스트— 가히 싸움의 천재 티아다운 공격이었다.

"요즘 들어 가라테로 싸울 일이 없네……."

시즈카는 박사가 탄 승용차의 보닛에 내려서 천장에 손을 댔다.

"뭐야, 갑자기 사람이……?!"

콰직, 콰직, 콰지직—.

시즈카 앞에서 자동차 판금은 종잇장이나 마찬가지. 운전사가 놀란 사이에 시즈카는 승용차 천장을 찢어발겼다.

'저 사람이 브라운 박사구나……. 사진보다 좀 나이 들어 보이지만, 상황이 상황이니까 당연하겠지…….'

시즈카의 눈이 뒷좌석의 브라운 박사를 발견했다. 그는 눈이 가려진 채 두 명의 호위 사이에 끼여서 가죽 가방을 품에 껴안고 있었다.

끼끼이이익—.

그때였다. 시즈카의 등장에 당황한 운전사가 힘껏 브레이크를 밟았다. 이는 놀라움 반, 죽기 싫다는 마음 반이 섞인 혼란스러운 감정이 실행한 우발적인 동작이었지만, 이것이

뜻밖의 결과를 초래했다.

"어라?!"

차는 속도가 대폭 줄어들었지만 시즈카는 그렇지 않았다. 시즈카는 그대로 앞쪽으로 날아가며 차량과 쭉 멀어졌다. 실제로는 그 반대였지만, 상공의 티아에게는 마치 시즈카가 나가떨어진 것처럼 보였다.

『시즈카!』

"괜찮아! 걱정 마!"

귀에 착용한 통신기에서 티아의 걱정스러운 목소리가 들렸지만 시즈카는 이 상황에서도 차분했다. 등에서 솟아난 용의 날개를 두세 번 파닥여서 날아가는 방향을 살짝 수정. 그리고 앞에 서 있는 거목을 힘껏 걷어찼다.

콰아앙!

"이대로 간다!!"

『시즈카?!』

걷어찬 반동을 이용해서 반대 방향으로 힘껏 도약하며 시즈카는 다시 차량 쪽으로 육박했다. 시즈카에게 그만한 운동 에너지를 부여한 나무는 그 반동을 버텨내지 못하고 천천히 쓰러졌다.

"이야아아아아아아아아앗!!"

시즈카는 날개로 도약 방향을 조정하며 차량에 접근해서 손날을 힘껏 휘둘렀다.

스파앙—!

손날은 거의 멈춰 있던 자동차의 보닛을 강타했다. 시즈카의 체중에다가 비행 운동 에너지까지 고스란히 실린 그 일격은 기와 깨기처럼 차의 보닛을 갈라버렸다. 이 차는 이제두 번 다시 달리지 못하리라.

『오오오, 대단하구나! 참으로 훌륭하다!』

"가라테 수련자답게 해봤어."

『용족다운 모습도 있었다. 비행 도중 공격으로 이행할 때는 이게 기본이지.』

"그렇구나…… 기억해둘게, 아저씨!"

시즈카는 옷에 묻은 먼지를 털어내며 일어섰다. 그 모습을 보는 운전사는 덜덜 떨기만 할 뿐 꼼짝도 하지 못했다. 운전사는 시즈카가 한 일을 처음부터 끝까지 보았다. 그리고 차량은 운전석 바로 앞까지 갈라졌다. 그런 요소들이 운전사가 미동조차 못할 정도의 강한 공포를 심어주었다.

'—우리는 터무니없는 놈들을 적으로 돌린 거야!'

운전사는 그렇게 절망했지만, 사실 그들은 운이 좋았다고할 수 있었다. 시즈카는 어디까지나 평범한 여고생이고, 그녀가 속한 기사단도 박애를 신조로 삼고 있다. 그래서 순순히 백기를 든다면 이 이상 아무도 상처 입지 않는다. 운전사의 불행은 그가 그걸 모른다는 것뿐이었다.

섬광탄 때문에 일시적으로 시력을 빼앗긴 사람들은 급브레이크를 밟았을 때 적절한 대처 자세를 취하지 못해서 셋 중 두 명이 의식을 잃었다. 나머지 한 명은 의식이 있고 죽지도 않았지만, 창틀에 머리를 세게 박은 여파로 몸을 제대로 못 움직이는 상태였다. 그래서 시즈카는 브라운 박사를 데리고 나오는 과정에서 어떠한 방해도 받지 않았다.

"이렇게 거칠게 마중하게 된 점을 사과하겠습니다, 닥터 브라운."

티아는 살짝 치마를 들어 올리는 동작으로 인사했다. 지구의 예법에도 비슷한 게 있지만 포르트제식은 양쪽 손 위치가 약간 비대칭이었다. 이는 허리에 찬 검을 빠르게 뽑기 위한 것이었는데, 무가 사회를 유지한 채 근대화한 포르트제 특유의 문화라고 할 수 있었다.

"당신은 사절단의 티어밀리스 양?! 그럼 그때 말을 건 남성은, 포르트제의……?!"

브라운 박사는 티아의 얼굴을 본 적이 있었다. 포르트제 외교 사절단— 그 핵심 인물이라는 소문이 자자한 미지의 소녀. 그 주변 인물들의 반응을 통해서 그녀의 지위가 상당히 높을 것이라고 사람들은 추측했다. 그리고 그 점이 이제까지 수차례 겪은 불가사의한 일의 수수께끼를 풀어주었다.

"그 자는 소녀의 첫째 기사…… 아니, 첫 번째는 루스이니까, 음…… 그렇지, 소녀의 기사였어요."

"그, 그런데 티어밀리스 양. 제 딸과 아내는……?!"

그러나 브라운 박사에게는 티아나 포르트제 이상으로 소중한 존재가 있었다. 티아의 정체 이야기를 제쳐두고 제일 궁금한 가족 이야기로 넘어갔다. 티아는 그런 태도에 기분이 상한 낌새도 없이 미소로 대답했다.

"안심하시기를. 소녀의 기사단이 전부 구출했습니다. 바로 안내해드리겠어요."

"그렇습니까…… 하아…… 다행이야……."

무사하다는 소식을 듣고 브라운 박사의 다리에서 힘이 빠져나갔다. 그는 실이 풀린 인형처럼 그 자리에 주저앉았다. 이제까지 박사는 온갖 것에 신경을 쏟고, 지혜를 쥐어짜고, 굽히지 않는 신념으로 행동해왔다. 그러나 그것도 다 가족의 안위를 걱정했기에 할 수 있었던 일이다. 그 문제가 해결된 지금, 박사는 원래의 일반인으로 돌아갔다. 주저앉는 것도 당연했다. 가까이에서 상황을 보고 있던 시즈카는 그 감정을 잘 이해했다.

"박사님, 손 잡으세요. 바로 이동해야 해요."

"그, 그렇지. 미안하네."

시즈카는 박사에게 손을 내밀고 일으켜 세웠다. 이 장소는 안전하지 않다. 박사에겐 미안하지만 주저앉을 여유는 아직 없었다. 그 사이에 티아는 팔찌를 조작해서 활활 타고 있는 트럭을 통째로 『으스름달』에 전송했다. 불길을 진압하고 항법 장치만 전송하는 건 번거로우니 그냥 통째로 보내자고 판단했다. 그렇게 해도『으스름달』이 알아서 차량 전체를 배리어로 감싸 불길과 폭발을 차단하고 진화 작업을 진행할 것이다. 티아는 검은 원반 모양 시공의 구멍으로 사라지는 트럭을 지켜보며 난폭한 방식이라서 클란이 화낼 것 같다고 생각했다. 그리고 그때, 티아의 후두부에 갑자기 붉은 광점이 나타났다.

『시즈카, 위험하다!』

티아의 머리에 나타난 붉은 광점은 사격 무기를 조준하기 위한 표식― 그걸 맨 먼저 알아차린 것은 시즈카 안에 있는 아르나이아였다. 하지만 아르나이아가 직접 티아에게 경고하려면 마법을 쓸 수밖에 없었다. 물론 그럴 여유가 있을 것 같지는 않았기 때문에, 그 다음으로 빠른 시즈카에게 경고하는 방법을 선택했다.

"티아, 엎드려!!"

"응?"

큐우웅―.

그러나 그 순간적인 지연이 치명적이었다. 티아가 시즈카의 목소리에 반응한 찰나, 밝게 타오르는 빔이 광점을 쫓듯이 날아왔다. 아무리 인지를 초월한 힘을 가진 시즈카라고 해도 이 타이밍에서는 그녀를 구하는 건 불가능했다. 빔은 거침없이 티아의 머리를 향해 날아갔다. 모두가 티아는 살아낭을 수 없다고 생각했다.

『우리가 나설 차례다호—!』

『전부 뻔히 보인다호—!』

그러나 갑자기 모습을 드러낸 두 하니와가 티아와 빔 사이에 끼어들었다. 하니와들은 키리하에게서 티아와 시즈카를 호위하라는 명령을 받았다. 티아와 시즈카는 공격력이 극단적으로 뛰어나니까 키리하는 하니와들이 두 사람과 함께 공격에 나서기 보다는 둘을 지키는 게 효과적이라고 생각했다. 그리고 그 효율을 극대화하려면 모습을 숨기고 주위 경계에 전념하는 게 제일. 덕분에 적이 빔을 충전하는 도중에 알아차린 하니와들은 티아를 지키는 방패가 돼서 앞을 가로막을 수 있었다.

『동기화 모드 기동이다호—!』

『영자력 필드 집중 전개, 모든 출력을 개방한다호—!』

그러나 티아를 노린 빔은 보병이 운용하는 무기 중에서도 최강의 공격력을 자랑하는 대물 빔 라이플에서 발사된 것이었다. 인간이 맨몸으로 운반하는 것조차 쉽지 않은 이 빔 포라면 전차나 전투기, 전술용 기동병기의 장갑과 공간 왜곡장을 한꺼번에 뚫어버릴 수도 있다. 그래서 하니와들의 배리어— 영자력 필드를 좁은 범위에 집중해서 전개해도 빔을 전부 막아내지는 못했다.

키이잉!

영자력 필드는 빔의 위력을 다소 줄인 단계에서 붕괴. 빔은 그대로 하니와들 머리 위를 통과했다. 티아의 목숨은 여전히 위험했다.

『역시 어림도 없다호—!』

『뒷일은 맡긴다호, 큰 브라더—!』

"리콜·프리캐스트·텔레포트!"

티어어엉—!

그러나 빔이 티아에게 명중하기 바로 직전. 아무런 전조도 없이 푸른 갑옷을 입은 인물이 티아 곁에 나타나서 품에 안듯이 그녀를 감쌌다. 그리고 빔은 그대로 푸른 갑옷의 인물에게 명중하며 등 장갑을 그슬렸다.

"아뜨뜨뜨뜨…… 이거 왠지 어디서 본 적 있는 것 같은데? 클란이 예전에 썼던 바보같이 커다란 빔 포 있잖아."

『정답이어요.』

"코타로! 덕분에 살았구나!"

"감사 인사라면 저 녀석들이랑 유리카에게도 해줘. 나 혼자 힘으로는 못 구했을 거야."

하니와들은 항상 전장의 상황을 클란, 루스와 공유하고 있다. 그 데이터를 토대로 유리카가 순간이동 마법을 써서 코타로를 티아에게 보내주었다. 하니와들은 코타로가 오리라는 걸 알고 있었기 때문에 그의 힘까지 계산에 넣어서 방어 방법을 검토했다. 코타로의 갑옷은 GOL과 마법으로 강화되어 있으

며, 추가로 시그날틴과 사그라틴의 가호도 있다. 하니와들이
빔의 위력을 어느 정도 줄이는 데 성공한다면 코타로가 아슬
아슬하게 지켜줄 것이다— 결과는 하니와들의 계산대로였다.

"둘 다 훌륭하구나. 아까 선언한 것처럼 대단히 큰 활약을
해주었어."

『칭찬받아서 영광이다호—!』

『칭찬도 좋지만, 괜찮다면 우리들도 기사로 삼아줬으면 좋
겠다호—!』

"좋다. 앞으로는 기사답게 싸우도록 하거라!"

『신난다호—!』

『분부를 받들겠다호—!』

하니와들은 하늘로 솟아올라 커다란 호를 그리면서 저격
수가 숨어 있을 방향으로 날아갔다. 이미 유리카와 사나에
도 같은 장소로 향하고 있으니 함께 싸울 생각이었다.

"사쿠라바 선배, 박사를 부탁합니다!"

곁에 다가온 하루미에게 그렇게 말하고 코타로는 갑옷에
장비된 부스터를 점화해서 하니와들을 뒤쫓았다. 공격한 자
를 그냥 내버려 둘 수는 없었다.

"알았어요. 조심해요, 사토미 군! ……박사님, 이쪽으로 오
세요."

시즈카 대신에 하루미가 브라운 박사를 안내했다. 그런
그들을 선레인저가 에워싸듯이 보호하며 후퇴했다.

"……사토미 군, 괜찮아요?"

갑옷의 힘으로 하늘을 날아가는 코타로 옆에 마키가 다가왔다. 코타로는 기운차 보였지만, 마키는 그래도 걱정스러운 시선으로 코타로를 보았다.

"충격이 엄청 크긴 했는데, 버틸 만했어. 그래도 등 좀 봐줘. 어디 망가지진 않았어?"

마키가 진지한 표정으로 걱정하자 살짝 불안해진 코타로는 그녀에게 등쪽을 가리켰다. 이때 마키는 애용하는 지팡이를 빗자루로 변형해서 올라타고 하늘을 날고 있었기 때문에 항공 역학 등을 완전히 무시하는 움직임으로 코타로에게 접근해서 그 등을 확인했다.

"괜찮은 것 같아요. 조금 그슬리긴 했지만……."

그 직후 마키는 표정이 풀어졌다. 망토가 일부가 타서 없어지긴 했지만, 갑옷 본체 쪽은 다소 그슬렸을 뿐 눈에 띄는 손상은 없었다. 티아는 마키와 같은 것을 곁눈질로 확인하면서 통신기로 키리하를 불렀다.

"키리하여, 어떻게 생각하는가?"

『반달리온 일파의 기습…… 유도당한 건 아무래도 우리 쪽인 모양이군. 표적은 우리 중 아무나. 이런 수법으로는 특정 인물을 노릴 수 없어. 우리의 힘을 하나라도 줄이면 충분했던 거겠지. 그대를 노린 이유는 시즈카에 비해서 그대 쪽이 우선순위가 높기 때문이야.』

티아의 질문은 막연했지만 키리하의 대답은 명쾌했다. 저격할 때 쓴 무기가 빔 포인 이상, 반달리온 일파의 소행일 가능성이 크다. 그리고 만약 반달리온 일파가 게이트— 이른바 시공의 구멍을 써서 순간이동하면 그때 발생하는 시공 왜곡을 클란에게 탐지당하고 만다. 그래서 그들은 처음부터 여기에 있었고, 박사와 항법 장치를 미끼 삼아 티아와 시즈카를 이곳으로 유도했다. 그러나 누가 제일 가까이에 있고 쫓아올지는 아무도 예측할 수 없다. 즉 처음부터 티아를 노렸다고 생각하는 건 무리가 있었다. 그렇다면 반달리온 일파는 장기적인 싸움을 상정하고 코타로 일행 중 아무나 쓰러뜨리면 된다고 생각했을 게 분명하다— 키리하는 그렇게 결론지었다.

『파르돔시하, 무인기를 주위에 산개하죠. 다른 방향에서 추가로 기습 공격이 날아오더라도 이상하지 않사와요.』

『분부를 받들겠습니다. 클란 전하, 각하 일행 쪽을 부탁드립니다. 박사 쪽은 제가 맡겠습니다.』

키리하의 분석을 듣고 클란과 루스가 움직였다. 두 사람은 각자 소형 무인기를 여러 기 띄워서 주변 경계에 착수했다. 저격이 한 번으로 끝이라는 보증은 어디에도 없다. 나 같으면 최대 세 번까지 저격할 수 있게 배치할 거다— 코타로가 듣고 있으니 절대 입 밖으로 꺼낼 수는 없었지만, 클란은 그렇게 생각했다.

"그럼 저 사람들은 처음부터 반달리온 일파랑 손을 잡고 움직였다는 거야?"

다시 티아의 비행기에 탑승한 시즈카가 고개를 갸웃했다. 반달리온 일파가 벨 테슬라 일렉트로닉스를 도우면서 코타로 일행에게 피해를 입히려고 했다— 시즈카에게는 키리하의 말이 그렇게 들렸다. 하지만 무언가 석연치 않은 점이 있었다.

『처음부터 그랬다고 생각하긴 어려워. 하지만 두 대의 차량이 방향을 전환한 뒤에는 손을 잡았다고 생각해야 마땅하겠지.』

키리하도 비슷한 점을 느꼈다. 만약 그들이 처음부터 협력했다면 에밀리와 클레어의 구출 과정은 더욱 험난했을 터다. 하지만 앞선 구출 작전은 그렇지 않았고, 방향을 전환한 후의 움직임에서는 틀림없이 손을 잡은 듯한 느낌이 들었다. 그렇다면 반달리온 일파가 도중에 이 소동을 알아차렸다고 보는 게 맞지 않을까— 키리하는 그렇게 생각했다.

"……그 수수께끼를 풀기 위해서도, 저격한 녀석들을 잡아야겠지."

코타로는 저격수가 숨어 있을 터인 장소를 노려보았다. 백날 의논만 해서는 결론을 내릴 수 없다. 지금은 저격수를 직접 붙잡아서 진상을 파악하는 게 정답이었다.

저격수가 있는 위치에는 사나에와 유리카가 선행했다. 미리 공격을 감지할 수 있어서 생물을 상대할 때는 특출한 능력을 발휘하는 사나에와 마법을 쓸 수 있고 범용성이 극히 뛰어난 유리카의 조합이 효과적이라고 판단한 결과였다. 지금은 유리카의 마법으로 몸을 숨기고 사나에의 선도 하에 저격수를 추적하는 중이었다.

"으~음…… 뭔가 이상한데에……."

"뭐가 이상한가요오?"

"이 느낌이라면 인원이 엄청 적어야 하는데…… 그렇지 않은 것 같기도 하거든."

"무슨 의미인가요오?"

"그러니까, 사람이 밟으면 풀이나 나무도 아파하거든? 근데 아파하는 식물 가까이에 사람의 기척이 안 느껴지는 장소가 있어."

  사나에의 감각이 기묘한 기척을 포착했다. 저격은 국도 쪽에 펼쳐진 숲에서 날아왔기 때문에 현재 두 사람은 숲속을 수색하고 있었다. 숲에는 수많은 생명들이 살고 있으며, 그 영파는 항상 사나에에게 전달된다. 그래서 누군가가 숲을 걷고 땅을 밟으면 사나에는 그 미약한 흐트러짐을 느낄 수 있다. 쉽게 말하자면 바다에 남는 배의 항적 같은 것을 느끼는 셈이다. 보통은 그런 위치에 사람이 있어야 하는데, 있어야 할 사람의 영파가 느껴지지 않는 지점이 몇 군데나 있었다. 그 사실이 사나에를 당황케 했다.

"그린 씨 때처러엄, 로봇이 잔뜩 있는 게 아닐까요오?"

"웬일로 예리하네? 아 참, 코타로 일행 쪽에도 그렇게 말해줘."

"네~에."

이런 상황은 전에도 겪어본 적이 있었다. 자립 제어, 원격 제어 병기는 인간과 다르게 영파를 발산하지 않는다. 포르사리아 마법왕국에서 그것 때문에 고생한 적이 있었다. 그래서 두 사람은 당황하지도, 소란피우지도 않고 묵묵히 이동했다. 평소에는 한없이 까불대는 두 사람도 비상시에는 야무진 면모가 겉으로 드러났다. 그녀들도 TPO를 알고 있었다.

『사나에, 유리카, 기다렸지호!』

『이쪽 상황은 어떻냐호?』

그런 사나에와 유리카의 머리 위에서 하니와들이 천천히 하강했다. 두 하니와는 자신들의 칭호를 불꽃 기사와 번개 기사로 하자는 둥, 멍멍 기사와 야옹 기사로 하자는 둥 의견 차이를 보이고 있었다. 하지만 활약하고 싶다는 점에서만큼은 의견이 일치해서 의욕이 철철 넘쳤다.

"잘 숨어 있거나, 아니면 로봇이 잔뜩 있는 것 같아."

『안심하시게, 뭐가 나오든 우리가 두 사람을 지킬 것이니호!』

『그렇소이다호. 기사는 일구이언을 하지 않소이다호.』

"둘 다아, 왜 이렇게 된 건가요오?"

"글쎄…… 그렇지만 의욕적인 건 좋은 거 아냐?"

사나에와 유리카는 하니와들이 묘하게 신나 보이는 이유를 알 수 없었지만, 자신들을 지키겠다며 앞으로 나서는 모습이 고마웠다. 두 사람 다 큰 힘을 쓸 때는 빈틈이 생긴다.

『에너지 반응! 사나에의 말이 맞다호!』

『이 주위에 자동병기가 숨어 있다호!』

하니와들은 사나에만큼 민감하게 영파를 느끼지는 못한다. 그 대신 물리적인 에너의 집중― 빔의 충전이나 동력원의 발열 등을 감지할 수 있다. 그것들이 사나에가 말한 위치에서 확인됐다.

"센스 메탈·모디파이·멀티플 타깃!"

"땡큐, 유리카!"

사나에는 웃으면서 손을 앞으로 내밀었다. 그녀의 이마에 새겨진 검의 문양이 보라색 빛을 발하더니 불현듯 사그라틴이 모습을 드러냈다. 그녀가 그것을 잡을 즈음에는 유리카의 마법이 발동해서 네 명은 주위에 존재하는 금속을 느낄 수 있게 됐다. 예상대로 숲의 영파가 흐트러진 위치에 금속 반응이 숨어 있었다.

"좋아, 코타로 일행이 오기 전에 많이 해치우자!"

『좋아, 불꽃 기사의 데뷔전이올시다호!』

『야옹 기사, 출격이외다호!』

"저는 당하고 싶지 않으니까아, 마법을 잔뜩 걸게요오."

옆에서 보면 태도가 무척 가벼워 보이지만 그녀들은 지극히 진지했다. 그리고 가까운 금속 반응에 몰래 접근했다.

"보랏빛 기사, 히가시혼간 사나에 등장!"

사나에는 금속 반응이 간격에 들어오자마자 사그라틴을 높이 들어 올리며 언젠가 시대극에서 본 대사를 따라하며 달려들었다. 사나에의 공격이 닿는 간격은 넓다. 사그라틴은 사나에의 영력을 머금고 수 미터 길이에 달하는 영력의 칼날을 만들어 냈다.

"으랴압—!"

사나에는 있는 힘껏 검을 내리쳤다. 검의 실물 칼날이 닿는 범위는 사나에의 몸을 중심으로 1미터 남짓. 그 이후로 보이는 것은 칼날 같은 형태를 갖춘 사나에의 영력이다. 그 부분이 나무를 스르륵 통과해서 뒤에 숨어 있던 금속 반응— 적의 병기를 단칼에 양단했다.

쿠우웅—.

두 동강 난 기계 장치가 쓰러지고 사방으로 파편이 흩어졌다. 그리고 그 모습을 지켜보던 하니와들의 표정이 확 바뀌었다.

『이것도 미끼다호—!』

사나에가 벤 것은 지구제 육상 전투형 로봇이었다. 순수한 지구 기술로 제작된 것이라 엔진과 무한궤도를 탑재하고 원격 조종으로 움직이며 위력이 낮은 재래식 화기로 공격하는 단순한 병기였다. 포르트제의 동종 병기와 비교하면 전투 능력은 하늘과 땅 이상으로 차이난다. 즉, 이 기체로 사나에 일행을 공격하는 건 전혀 의미 없는 짓이다. 그러나 추가로 개조된 점 하나가 이 기체의 의도를 명확하게 보여주었다. 이 기체는 체급에 비해서 과도하게 큰 엔진과 콘덴서로 교체되어 있었다. 그렇게 하면 폐열이 증가하고 콘덴서는 고에너지 반응을 보인다. 즉 하니와들의 센서로는 포르트제 병기와 구분할 수가 없다. 이 기체의 노림수는 미끼가 되는 것. 그리고 주력 기체를 숨기는 것이었다.

『공격이 온다호—!』

사나에 일행 주위에서는 대량의 고에너지 반응이 감지됐다. 그러나 어느 것이 공격할지 알 수 없었다. 아마도 주위에 있는 대부분이 가짜일 것이고, 예의 대물 빔 포로 저격할 터였다. 뿐만 아니라 미끼 역시 조준용 레이저를 쓰는 탓에 붉은 레이저 줄기로 구분하기도 불가능했다. 앞으로 나가 있던 사나에에게 붉은 광점이 다수 집중됐다.

"사나에, 엎드려요!"

"아차차!"

뒤에서 달려온 유리카가 사나에를 밀쳐 넘어뜨렸다. 그 직후, 빔 한 줄기가 사나에가 서 있던 지점을 통과했다.

"걱정 안 해도 돼. 네가 마법을 걸어줬잖아."

사나에는 깜짝 놀란 기색으로 유리카를 보았다. 사실 주위에서 보는 사나에 일행의 모습과 실제 사나에 일행의 위치에는 몇 미터 쯤 차이가 났다. 이것은 유리카가 혹시 모를 상황에 대비해서 걸어 둔 방어용 환술이었다. 그래서 사나에가 당할 가능성은 처음부터 존재하지 않았다.

"상대는 아직 그걸 모르잖아요오! 적의 규모가 불확실한 상황에서 가진 패를 드러내면 안 돼요오!"

유리카가 한 말은 마법 전투의 기본이었다. 상대에게 노출되는 정보는 최소한으로 줄이고, 공격은 적의 능력을 파악한 후에 단숨에 몰아친다. 스승인 나나에게 입이 마르고 닳도록 들어 온 마법사와 마법사가 싸울 때의 정석이었다. 물론 이번 상대는 마법사가 아니지만, 정체를 모르는 상대에게도 같은 이론을 적용할 수 있다. 유리카는 숱한 싸움을 겪으며 그런 것을 확실하게 몸에 습득하고 있었다.

"그것도 그렇네. 고마워, 유리카! ……그럼, 너무 막 돌아다니지 말고 코타로네가 오는 걸 기다리는 게 나으려나?"

지금 단계에서는 적의 규모를 알 수 없는 데다가 생각 없이 움직이면 여러 공격에 노출돼서 순식간에 사나에 일행의 의도가 들통나고 만다. 코타로 일행이 도착하기를 기다린 후에 움직이는 게 안전하고 확실하다. 사나에는 히어로를 꿈꾸지만, 필요할 때는 자제심을 발휘할 줄도 알게 되었다. 사나에도 이제 곧 열여덟 살이 되는 것이다.

『그럴 필요는 없다호—!』

『큰 브라더가 왔다호—!』

쿠웅—.

하니와들의 외침과 거의 동시에 이번에는 코타로가 머리 위에서 내려왔다. 그 뒤를 마키와 시즈카가 따랐다. 티아는 전투기에 탄 채 머리 위를 선회했다.

" ……상황을 설명해 줘."

『적은 전방 일대에 광범위하게 전개하고 있다호.』

『숫자는 적은 대신에 미끼가 많아서 구별이 안 된다호.』

"귀찮게 됐군……."

이대로 후퇴해도 적의 공격은 멈추지 않는다. 우주선을 타고 돌아갈 수 있지만 그 우주선을 대물 빔 포로 쏘면 골치 아프다. 그렇다고 싸워서 얻을 수 있는 것은 적다. 폭격으로 단숨에 쓸어버릴 수도 없다.

"사나에한테 사람의 위치만 전부 파악해달라고 할까? 그 다음에 핀 포인트로 사람만 쓰러뜨리면……."

코타로는 신속하게 사람만 쓰러뜨려서 끝내자고 생각했지만, 키리하는 그 생각에 부정적이었다.

『그렇게 해도 자립 제어 대물 빔 포가 있을 경우에는 위험 요소가 남아.』

포르트제의 인공지능은 우수하므로 그것만으로는 끝나지 않을 가능성이 있었다. 군용 인공지능은 『으스름달』이나 『청기사』와 비교해도 손색이 없었다. 사람만 노려서 쓰러뜨려도 안심할 수 있는 것은 아니었다.

"그러면 처음부터 끝까지 착실하게 쓰러뜨릴 수밖에 없나……."

수고스럽기는 해도 코타로는 그 길밖에 없겠다고 생각했다. 포격에 다소 노출되긴 하겠지만 제일 안전하고 확실한 수단이었다. 혹은 코타로 일행 측에서도 자동병기를 다수 투입하는 방법도 있긴 하지만, 이는 법적으로 보아도 썩 바람직한 수단은 아니었다.

『꼭 그럴 필요는 없사와요, 벨트리온.』

"클란, 그게 정말이야?!"

『네. 전자파로 공격하면, 아마도 미끼만 정지시킬 수 있을 것이어요.』

클란이 주목한 부분은 미끼가 전부 지구제라는 점이었다. 포르트제제와 비하면 지구제는 아무래도 성능이 떨어진다. 전자파에 대한 대응 능력도 마찬가지다. 포르트제제 병기에는 이미 많은 방호 기술이 적용되어 있어서 전자파로 공격하려면 강력한 전용 전자파 병기를 동원해야 한다. 그러나 지구제 병기는 그렇지 않으므로 클란이 바로 준비할 수 있는 수준의 장치로도 충분했다.

클란의 가지고 있던 기기를 조합해서 만든 전자파 발생 장치는 수십 미터 떨어진 지점에서 미끼의 동작을 정지시키는 데 성공했다. 우주선 예비 부품과 배터리를 연결해서 만든 것이라서 출력이 강했기 때문에 전자파 공격에 대한 대책이 전혀 없는 로봇은 버틸 재간이 없었다.

『움직이는 기체가 있어! 공격할 거다!』

그러나 방심하지 않고 레이더를 보고 있던 키리하가 경고 메시지를 보냈다. 싸움은 아직 끝나지 않았다.

『각하! 에너지 강도로 판단컨대 중형 기동병기 하나, 이동식 포대가 둘입니다!』

"그렇군, 그게 진짜 함정이었나…… 덕분에 살았어, 클란."

『안다니 다행이네요. 나중에 열심히 칭찬할 준비나 해두시길.』

적은 삼중으로 함정을 파 두었다. 처음에는 박사와 항법 장치를 미끼로 티아를 저격. 그리고 지구제 로봇을 미끼로 앞세워서 공격했다. 그리고 결정타가 바로 이 기동병기와 포대였다. 출력을 대물 빔 라이플 수준으로 낮춰서 배치하고, 코타로 일행이 『대물 빔 라이플 저격수』를 찾아 여기까지 왔을 때 기습적으로 공격— 만약에 사나에와 유리카가 먼저 공격했다면, 혹은 코타로 일행과 합류한 후에라도 기습당했다면 위험했을 것이다.

그리고 애초에 이런 부류의 문제가 터지면 코타로 일행이 나설 수밖에 없다는 것을 거꾸로 이용한 셈이므로, 엄밀하게는 사중 함정이라고 할 수 있었다. 코타로는 반달리온 일파의 주도면밀한 공격 계획의 전모를 파악하고 등줄기가 오싹해졌다.

'—농담이 아니라, 정말로 나중에 클란을 열심히 칭찬해 줘야겠어!'

클란이 전자파 발생 장치로 미끼를 처리하기 시작했기 때문에 적이 더 기다리지 못하고 공격한 상황이므로 평소에는 그녀를 약 올리기만 하는 코타로도 솔직히 칭찬해 주고 싶은 심정이었다.

"……역시 이제까지 상대해온 적과는 뭔가 근본적으로 달라. 틈을 보이면 단숨에 밀릴 수도 있어. 바짝 긴장해야겠는걸……"

코타로는 접근하는 기동병기와 포대를 노려보며 마음을 가다듬었다. 그리고 다시 눈앞의 싸움에 집중했다. 지금은 그래야 할 때였다. 그렇다고 하더라도 함정을 파훼한 상황해서 중형 기동병기 한 기와 이동식 포대 두 기에 당할 만한 코타로 일행이 아니었기에, 전투는 순식간에 끝났다.

작전의 보수

5월 15일 (일)

　모든 전투가 끝나자 코타로는 비로소 브라운 박사와 정식으로 대면하게 되었다. 주변의 안전을 확보한 다음 브라운 박사의 가족이 도착하기를 기다리는 동안, 박사는 마주 선 코타로의 모습을 쭉 훑어보고 살짝 미소 지었다.

　"자네가 레스토랑에서 도움의 손길을 내민 사람이로군."

　"사토미 코타로입니다. 그때는 실례했습니다."

　코타로는 살짝 쓴웃음을 지으며 머리를 숙였다. 결과적으로 봤을 때 자신의 말투가 무례했다는 건 자각하고 있었다. 하지만 박사는 미소를 유지한 채 고개를 가로저었다.

　"피차일반이야. 그 시점에서는 서로 믿어도 될지 안 될지 알 수 없는 상황이었잖나."

"지금은 어떤가요?"

"믿는다네. 자네의 공주님은 매력적인 사람이었고, 자네는 그녀가 한 말 이상으로 기사다운 차림을 하고 왔으니."

"이 갑옷 디자인은 그녀의 취향입니다. 사실 다른 디자인으로 만드는 게 성능이 좋은 모양인데, 이게 아니면 싫다더군요."

"여성은 어떤 것이든 형태와 형식을 중요하게 생각하니 말이야."

박사는 쓴웃음을 지으며 어깨를 으쓱했다. 그의 아내 클레어도 옛날부터 그런 것을 중요하게 따졌다. 두 사람의 기념일에는 파티를 했고, 선물을 교환했다.

"그리고 그건 자네에 대한 사랑의 형태를 상징하고 있어. 그녀의 마음속에서는 자네가 그런 모습으로 존재하는 거지."

"⋯⋯저는 잘 모르겠네요."

"하하핫, 조만간 알게 될 걸세. 참고로 나는 요즘 들어서야 겨우 알게 된 참이지."

브라운 박사로서는 클레어는 사랑이라는 정해진 형태가 없는 것을 함께 공유하는 상대이므로 그런 것은 굳이 필요하지 않다고 생각했다. 그러나 괜히 곧이곧대로 말했다가 마음이 상하기라도 하면 곤란하니까 그 생각을 묻어두고 즐기기로 했다. 그것 또한 정해진 형태가 없는 감정 중 하나겠

거니 생각했기 때문이다. 브라운 박사는 코타로도 마찬가지라고 생각했다. 즉 티아의 마음을 함께 즐겨야 한다고. 그렇지만 그는 아직 젊다. 세월과 함께 알아나가면 되는 것이니 박사는 그거면 충분하다고 생각했다.

"아이를 낳고, 하루하루 자라는 모습을 곁에서 보다 보면 자네도 알게 될 걸세."

"박사님은 그걸 아시기 때문에, 이렇게 필사적으로……?"

"그런 셈이지. 다시는 이런 일을 겪고 싶지 않지만."

"하하하…… 박사님, 부인과 따님이 도착했나 봅니다."

그때 두 사람이 있는 광장에 차량 한 대가 미끄러지듯이 진입했다. 선레인저와 그 관계자들이 사용하는 대형 밴이었는데, 운전사 외에도 여러 명이 타 있었다. 그중에는 박사가 애타게 기다리던 아내 클레어와 딸 에밀리도 있을 터였다.

"클레어! 에밀리!"

차에서 내린 사람들 중에서 아내와 딸을 발견한 박사는 곧바로 뛰쳐나갔다. 자기가 코타로와 대화 중이었다는 사실을 잊기라도 한 것처럼. 달리는 자세도 어설펐지만, 창피함도 평판도 모조리 내던지고 그저 아내와 딸을 향해 열심히 달려갔다.

"……그토록 빈틈없이 준비한 사람이, 마지막의 마지막에 저렇게 허술하다니…… 하지만, 저건 저것대로 멋진걸……."

클레어와 에밀리도 마찬가지로 박사를 보고 달리기 시작

했다. 그리고 코타로가 지켜보는 가운데 마침내 한자리에 모인 세 사람은 부둥켜안고 울기 시작했다. 말도 잘 안 나오는지 세 사람은 그저 서로의 몸을 힘껏 안고 하염없이 눈물만 흘렸다. 그리고 그 모습을 지켜보던 코타로는 그런 세 사람을 조금 부럽다고 생각했다.

"코타로, 잠깐 괜찮겠나?"

그때 코타로 옆으로 키리하가 다가왔다. 그녀는 호위를 겸해서 에밀리 일행과 같은 밴에 타고 왔다. 그 뒤쪽으로는 클란과 루스도 보였다.

"응. 멋진 해피 엔딩이지? ……그래서, 어떻게 됐어?"

"놓쳤다. 잡은 건 벨 테슬라 쪽 사람뿐이야."

"사나에도 추격에 실패했어?"

"그래. 무슨 이유에서인지 도중에 영파의 흔적이 희미해졌어. 그 이후로는 지하도가 너무 복잡해서 단념할 수밖에 없었지."

키리하의 대답은 반달리온 일파를 추적한 결과에 대한 것이었다. 이번 사건에 어떻게 관여했는지 파악하려면 반달리온 일파의 병사를 잡는 게 제일 확실했다. 그래서 영파를 보고 인간을 추적하는 게 특기인 사나에와 군사 조직에서 활동했던 경험이 있고 마법 덕분에 마찬가지로 추적이 특기인 마키를 중심으로 추적에 나섰다. 그러나 실패하고 말았다. 이는 사나에와 마키의 능력을 생각하면 말도 안 되는 일이었다.

"사나에 님은, 하니와 여러분이 사라질 때와 비슷한 느낌이라고 말씀하셨어요."

"뭐라고요? 그건……."

"아마도 클래스 II 차폐, 영자력 기술이겠지."

하니와에게는 모습을 보이지 않게 하는 기능이 있다. 그 기능은 통상 모드와 상위 모드, 두 단계로 나뉘어 있다. 지금 키리하가 언급한 것은 상위 모드 쪽인데, 이것은 영파까지 차단해서 거의 완벽하게 자취를 감출 수 있다. 사나에는 그것과 흡사한 느낌으로 사라졌다고 보고했다. 달리 말하자면 지저의 기술과 비슷하다는 뜻이다. 키리하는 그것을 지저의 기술이라고 생각했다. 그 이유는 추적에 실패한 경위 때문이었다.

"설마 대지의 백성과 접촉해서 기술을 빼냈다는 거야?!"

"아니, 그럴 가능성은 낮아. 만약 그렇다면 사나에는 완벽하게 놓쳤을 테니까. 허나 이번 케이스는 노력하면 영파를 쫓지 못할 건 없었지만, 그들이 도주 경로로 선택한 지하도가 복잡해서 포기했을 뿐이다."

"기술 수준이 떨어진다는 거구나."

"그래. 그러니 굳이 따지자면, 선레인저와 비슷한 경로로 입수한 게 아닌가 싶군."

사나에는 비록 추적에 실패했지만 영파를 완전히 놓친 것은 아니었다. 마키와 힘을 합쳐서 시간을 들여 꼼꼼히 조사하면 어찌어찌 추적할 수 있었다. 그러나 반달리온 일파는 복잡한 지하도로 달아났기 때문에 추적에 시간이 걸리면 붙잡기 어려워진다. 그래서 실패라고 판단했다. 또한 지하도의 구조를 모른다는 점도 그 판단에 일조했다.

그리고 그들이 클래스 II 차폐를 썼다면 사나에는 훨씬 이른 시점에서 상황을 파악했을 것이다. 제아무리 사나에라고 해도 상대가 클래스 II 차폐를 사용한다면 상당히 가까이에 있지 않고서는 간파할 수 없다. 그것이 현재 대지의 백성의 기술 수준이다. 그 정도가 아니었다는 것은 보다 수준이 떨어지는 영자력 기술을 손에 넣었다는 방증이다. 선레인저는 수십 년 전에 지상으로 올라온 대지의 백성 파벌 중 하나, 해체파에게서 기술을 입수했다. 키리하는 이번에도 비슷한 경위가 아닐까 생각했다.

"어디서 그런 걸 입수한 거지……?"

"그건 알 수 없지만, 결과를 보면 그렇게 생각할 수밖에 없어."

"……어쩌면, 오늘 목적은 애초에 이것이었을지도 모르겠군요……."

지금까지 계속 잠자코 있던 클란이 그제야 겨우 입을 열었다. 그녀의 목소리와 표정은 전에 없이 진지했다.

"무슨 소리야?"

"반달리온 일파는 모종의 경로로 대지의 백성의 구식 기술을 입수했어요. 하지만 그걸 대뜸 중요한 작전에 투입할 수는 없겠지요?"

"그렇지. 여차할 때 효과가 없으면 치명적이니까."

"그러니 효과가 어느 정도인지 미리 확인할 필요가 있었을 것이어요. 그때, 벨 테슬라 일렉트로닉스의 꿍꿍이를 알아차린 것이죠."

"그럼 그들의 도움을 받아 우리가 진심으로 추적하게 해서 기술의 효과를 확인했다는 거야?!"

"그렇사와요. 그렇다면 병력을 대규모로 투입하는 건 이치에 맞지 않아요. 소수를 투입하고 대지의 백성의 기술로 도주하게 했겠죠. 도주 루트는 사전에 알아 둔 복잡한 지하도를 써서 기능평가 재료로 삼았고요. 그들은 그렇게 기술의 효과를 파악했고, 설령 실패했더라도 손해는 경미했을 것이어요. 애초에 이번처럼 싸운다면, 굳이 사람을 현장에 보낼 이유가 없지만요."

"듣고 보니 확실히…… 무인기밖에 없었지……."

코타로도 클란이 하고 싶은 말을 이해했다. 확실히 이번에 반달리온 일파가 보인 움직임은 기묘했다. 진심으로 싸우려고 하지 않았다. 기회를 봐서 코타로 일행에게 한 방— 이런 소극적인 공격만 시도했다. 뿐만 아니라 이번 공격에 인간 병사는 필요 없었다. 거의 다 자동병기를 사용하는 것을 전제로 한 짜임새 있는 작전이었다. 그런데도 현장에 병사가 와 있었다. 이는 모순되는 행동이었다. 하지만 그 목적이 클란이 분석한 것과 같다면 앞뒤가 맞아떨어진다. 본격적인 작전을 펼치기 전에 소규모 작전으로 효과를 확인해본다는 건 코타로도 이해할 수 있는 생각이었다.

"종합하자면 이번에는 적의 농간에 놀아난 셈이로군. 앞으로는 더욱 긴장할 필요가 있겠어."

키리하는 팔짱을 끼고 진지한 표정으로 중얼거렸다. 평소에는 자신 넘치고 여유로운 태도를 잃지 않는 그녀이기에 그 모습이 갖는 의미는 무거웠다.

"키리하 씨, 이번 적은 만만치가 않네. 난 반달리온 본인보다 훨씬 상대하기 힘들겠다는 생각이 들어."

"그렇군. 반달리온은 큰 피해를 내긴 했지만 막아낼 방법이 명쾌했어. 하지만 이번 적은 그렇지 않아. 피해는 반달리온만큼 크지 않겠지만, 깨달았을 때는 이미 피해를 입은 후일 수도 있지."

코타로가 지구에 귀환한 것을 계기로 싸움의 질이 크게 바뀌었다. 명확하게 알고 있는 적을 쓰러뜨리면 해결됐던 이제까지와는 다르게, 정체가 불분명한 적과 싸우면서 더욱 많은 것을 지켜야만 한다. 이번 싸움에서 잃게 되는 것은 군대 정도가 아니다. 정신을 바짝 차리지 않으면 지구와 포르트제의 미래가 부서질 수도 있다. 코타로 일행의 싸움은 점점 미궁으로 빠져들고 있었다.

코타로 일행이 킷쇼하루카제 고등학교로 돌아왔을 무렵에는 『클럽 활동 대항 장애물 마라톤』은커녕, 체육대회 자체가 끝난 뒤였다. 피치 못할 사정이 있긴 했지만 코타로 일행은 전원 리타이어. 고교 생활 마지막 체육대회에 아무 기록도 남기지 못했다.

"둘 다 기운이 없네."

다들 이렇게 되리라는 걸 알고 시작했기 때문에 불평하는 목소리는 들리지 않았다. 그렇다고 아쉽지 않다는 뜻은 아니었다. 특히 첫 참가를 기대했던 마키와 클란이 크게 아쉬워했다.

"결국, 제대로 참가하진 못했구나 싶어서요……."

"저, 저는 장애물 마라톤 같은 건 아무래도 상관없사와요!"

코타로가 묻자 마키는 솔직하게 속내를 토로했다. 반대로 클란은 고집을 부렸다. 둘의 반응은 대조적이었지만 같은 마음이라는 건 코타로도 잘 알았다. 마키는 당당하게, 클란은 남몰래 달리기를 연습하는 모습을 보았으니까. 그래서 코타로는 두 사람을 도저히 내버려 둘 수 없었다.

"아이카, 다음에 다른 애들이랑 마라톤이나 트라이애슬론대회라도 나가볼래?"

"그래도 돼요?!"

"응. 그걸로 아이카가 기운을 차린다면야."

"고마워요, 사토미 군! 꼭 참가해보고 싶어요!"

마키는 솔직하게 기쁨을 드러냈다. 그러나 클란 쪽은 그렇지 않았다.

"......"

클란은 코타로의 얼굴을 곁눈질로 슬쩍슬쩍 쳐다보며 입을 열었다가 닫기를 반복했다. 하지만 결국 아무 말도 꺼내지 않고 입을 꾹 다물었다 그래서 말을 꺼낸 것은 코타로 쪽이었다.

"넌 어떡할래?"

"......마라톤 같은 거, 저는 딱히 흥미 없사와요."

클란은 무심코 평소처럼 반응하고 말았지만 가슴속으로는 크게 후회했다. 클란도 오늘 일이 아쉬웠기에, 가능하다면 모두와 함께 제대로 경기에 참가하고 싶다고 생각했다.

'하여튼 황소고집이라니까. 하지만…… 그렇지. 오늘은 클란에게 제대로 감사 인사를 해야겠구나.'

코타로도 클란과 알고 지낸 기간이 길다. 그녀의 속내쯤은 훤히 파악하고 있었고, 특히 오늘은 코타로 쪽에게 특별한 사정이 있었다. 그래서 코타로는 놀리고 싶은 충동을 꾹 참으며 그녀에게 말했다.

"말을 잘못했네. 넌 잠자코 따라오라고."

"……."

그 순간 클란의 뺨이 스르르 빨갛게 물들었다. 안도감과 행복감이 한데 섞이면서 표정이 흐물흐물 녹아내리려고 했다. 고집쟁이 클란은 그런 변화를 제어하려고 안간힘을 썼다. 하지만 제어할 수 있던 건 표정뿐이었고, 뺨의 홍조는 결국 사라지지 않았다.

"뭐야, 왜 갑자기 빨개지고 난리야?"

"아, 아무것도 아니어요!"

코타로는 잘 알아차려 주었다. 화내지 않고 받아들여 주었다. 클란은 그 사실이 기뻐서 어쩔 줄을 몰라 했다. 덩실덩실 춤추고 싶은 기분이었다. 코타로에게 귀여운 운동복을 선물 받았을 때와 비슷할 정도였다. 하지만 그녀는 역시 고집쟁이였기 때문에 보는 눈이 많은 자리에서는 솔직해질 수 없었다.

"부럽다, 클란 씨……."

"그렇게 부러워할 일도 아니어요!"

그렇다고는 하나 주위에서 쏟아지는 시선은 따스했다. 클란이 어떤 소녀인지 시선을 보내는 여덟 명의 소녀들은 이미 잘 안다. 그래서 따스한 눈으로 바라보며 모르는 척해주었다. 그리고 그런 클란과 정반대의 상황에 처한 사람이 있었다. 바로 켄지였다

"지, 진정해, 코토리!"

"오빠, 잘 대답하는 게 좋을 거야!"

"안 돼요, 코토리! 그 봉에는 쇳덩이가 달려 있다구요!"

코토리는 켄지를 발견하자마자 무시무시한 기세로 다가왔다. 정말로 위험하다고 생각한 나르파는 목에 걸고 있던 소중한 카메라의 존재를 반쯤 무시하고 코토리에게 매달렸다. 그럼에도 그녀의 기세는 줄어들지 않았다.

참고로 코토리와 나르파는 『클럽 활동 대항 장애물 마라톤』에서 선전했지만 아쉽게도 입상에 실패했다. 마지막 장애물 코스인 제10장애물은 올해도 전통을 자랑하는 물건 빌리기 경주였는데, 두 사람은 빌릴 물건이 쓰여 있는 카드가 들어 있는 상자 속에서 『존경하는 사람』과 『안경』 카드를 뽑았다. 그때 두 사람의 머릿속에 떠오른 것은 코타로와 켄지. 그리고 두 사람은 이곳에서 기다리면 금방 올 테니까 절호의 기회다— 그렇게 생각했던 게 패착이었다. 시간이 아무리 지나도 두 사람은 나타날 생각을 하지 않았고, 나르파와 코토리는 하는 수 없이 담임교사와 친구를 데리고 골인했다. 그래서 켄지를 추궁하는 코토리에게 자비심은 없었다.

"오빠, 중간에 유학생 여자애랑 같이 사라졌다는 게 진짜야?!"

그 소식은 이미 코토리의 귀에도 들어왔다. 제6장애물과 제7장애물 사이에는 휴게 시설이 있는데, 두 사람은 그곳에서 자취를 감추었다. 그리고 계속 돌아오지 않았기 때문에 그 소문은 무서운 기세로 교내를 휩쓸었다.

"거기엔 깊은 사정이……!"

"어떤 사정인데?!"

"전에 말했잖아. 코우를 돕게 됐다고! 그래서 거기에서 걔를 데리고 빠져나올 필요가 있었어!"

"코우 오빠, 이 얘기가 정말이에요?!"

코토리의 강렬한 시선이 코타로를 매섭게 꿰뚫었다. 코타로는 어떤 적 앞에서도 겁먹지 않지만, 코토리의 이 시선에는 자기도 모르게 주춤했다.

"아, 어어. 실은, 그때 사라진 두 사람은 변장한 나랑 아이카였어. 맥켄지는 그보다 훨씬 전에, 에밀리 씨를 데리고 도망쳤지."

이제까지 코토리에게는 켄지가 코타로를 돕고 있다는 얘기밖에 해주지 않았다. 그래야 그녀까지 말려드는 걸 방지할 수 있었으니까. 하지만 상황이 이 지경에 몰리자 코타로는 코토리에게 차근차근 자초지종을 설명했다.

"……에밀리 씨가 아버지를 마음대로 조종하기 위한 인질로 잡혀 있었다니. 무척 괴로운 상황이었군요……."

그리고 코타로가 설명을 얼추 마쳤을 즈음에는 코토리의 표정에서 화가 가라앉았다. 오빠의 행동은 어디까지나 인질과 박사 본인을 구출하기 위한 수단이었다. 소문의 절반은 사실이지만 그것도 이유는 같았다. 어떤 소문이 돌더라도 그 진실이 있는 한, 코토리는 켄지를 용서할 수 있었다. 원래부터 오빠를 싫어하는 게 아니었으니까.

"미안해, 오빠. 이성을 잃어서……."

"알아줬으니 됐어, 코토리. 이제까지 내 행실이 워낙 나빴으니 그럴 만도 해……."

켄지의 표정도 평정을 되찾아가고 있었다. 연애 문제에는 극단적으로 결벽한 코토리가 킷쇼하루카제 고등학교에 입학한 뒤로 이런 트러블이 자주 일어나서 켄지는 마음 편할 날이 없었다. 하지만 오늘도 트러블을 잘 극복해냈다. 일단은 안심이었다.

"켄지 군!"

그때였다. 직원 현관 쪽에서 교직원 한 명이 달려오며 켄지를 불렀다. 그의 이름은 마츠자카 켄이치. 최근에 새로 부임한 체육 교사인데 — 켄지도 사실을 알고 깜짝 놀랐지만 — 실은 정부 비밀 조직의 일원이다. 켄지는 오늘 작전 수행 도중에 잠시 그와 함께 행동했다.

"어쩐 일이세요, 마츠자카 선생님?"

"아까 에밀리를 바래다줬는데, 너한테 말 좀 전해달라고 하더라고. 어, 『다음주 약속 기대할게!』랬나? 풋풋하고 참 좋네. 난 분명히 전달했다! 그럼 얘들아, 모레 학교에서 보자!"

책임감이 강한 켄이치는 사명을 완수하자 만족스럽게 고

개를 끄덕이고는 상쾌한 미소를 남기고 떠났다. 발걸음이 빨라서 눈 깜빡할 사이에 시야에서 사라졌다.

"……오, 오빠아아아아아아아앗?!?!"

"아뿔싸?!"

켄지의 불행은 아직 끝나지 않았다. 일시적으로 잦아들었던 만큼 코토리의 분노는 더욱 치열하게 타올라라. 지금 코토리는 시선만으로 사람을 불태워 죽일 듯한 박력을 뿜어냈다.

"진정해, 코토리! 응?!"

켄지는 한 발짝 두 발짝 뒷걸음질 치며 필사적으로 코토리를 진정시키려고 했다.

"믿은 내가, 믿은 내가아아아, 바보…… 바보지이이이이!!"

"진정해—! 코토리, 진정해애—!"

나르파도 코토리를 진정시키려고 했지만, 이젠 켄지의 목소리도 나르파의 목소리도 코토리의 귀에 닿지 않았다. 코토리는 자기에게 매달린 나르파를 질질 끌면서 켄지에게 다가갔다. 그 모습을 보고 설득은 어림도 없음을 깨달은 켄지는 포식자 앞의 사냥감 같은 기세로 도망쳤다.

"누가 놓칠 것 같아아아아아앗!!"

물론 코토리도 바로 뒤쫓았다. 두 남매는 오늘 온종일 달린 사람으로 보이지 않는 멋진 스피드로 달려갔다.

"……맥켄지 녀석, TPO를 좀 따지지 그랬냐. 설령 에밀리 씨에게 작업을 건다고 해도…… 오늘은 아니지, 오늘은……."

"살려줘, 코우!"

"꿈 깨셔! 이번만큼은 나도 킨 편이다!"

"바보 자식! 그게 도와준 사람한테 할 말이냐!"

"바보는 너겠지—!!"

교정 반대편까지 달려갔던 켄지와 코토리가 코타로의 시야를 가로질렀다. 체력 차이 때문에 원래 켄지가 붙잡힐 일은 없었다. 그러나 집념의 힘인지 왠지 모르게 두 사람의 거리는 조금씩 줄어들었다. 켄지는 도망칠 수 없다— 그 사실을 깨달은 코타로는 죽어라 달리는 켄지를 향해 합장했다.

켄지의 도주극은 3분 28초로 막을 내렸다. 그 후 코토리는 10분간 쉬지 않고 켄지를 꾸짖었다. 이윽고 거기에서 해방된 켄지는 힘없이 교정에 주저앉았다. 심신 모두 지칠 대로 지쳤다. 그런 켄지는 자기처럼 지친 사람이 곁에 있다는 점에서 자그마한 위안을 얻었다.

"……니지노. 필사적으로 애썼는데도 보답받지 못한다는 건, 정말 허무한 일이구나……."

"이젠 익숙해요오. 저는, 계속 이래왔는걸요오……."

그 인물의 정체는 니지노 유리카. 필사적으로 싸워서 눈부신 활약을 하고 브라운 박사 일가를 구출하는데 크게 공헌한 사랑과 용기의 마법소녀. 그러나 그 화려한 활약과 맞바꿔서 아르바이트 직장과 오늘까지 일한 봉급을 잃게 됐다. 책망할 대상이 없는 만큼 정신적인 충격이 컸기 때문에, 그녀는 켄지에게 지지 않을 정도로 낙담했다.

"정의라안, 무엇일까요오……."

"사랑이란, 무엇일까……. 이젠, 모르겠어……."

유리카와 켄지는 나란히 앉아서 석양을 바라보았다. 저물어가는 태양의 주황색 빛이 오늘따라 이상하게 눈에 스며들었다. 그리고 그 형상이 일렁일렁 일그러져 보이기 시작했을 때였다.

"유리카, 유리카~! 얘도 참~!"

"……응, 사나에?"

유리카는 천천히 뒤를 돌아보았다. 목소리도 그렇고 시선도 그렇고 지금의 유리카는 힘이 없었다. 망연자실한 모습으로 팔다리를 축 늘어뜨리고 있었다. 마치 인형사를 잃은 꼭두각시 같은 인상이었다.

"네 아르바이트 직장이 없어지지 않게 코타로가 손을 썼어! 그리고 오늘 넌 정말 잘했으니까 코타로가 용돈을 주겠대!"

"정말인가요오?! 처음 만난 순간부터 사토미 씨는 좋은 사람이라고 생각했어요오!!"

그러나 사나에의 이야기를 듣자마자 유리카의 표정에 단숨에 빛이 돌아왔고, 마치 인형사가 돌아온 꼭두각시처럼

그 자리에서 폴짝 일어났다. 그리고 유리카는 깡총깡총 뛰다시피 사나에 쪽으로 달려갔다.

"……결국, 나는 혼자인가……."

켄지는 혼자 남게 되었다. 그 뒤로 켄지는 어두워질 때까지 그곳에 하염없이 앉아 있었지만, 끝끝내 그를 데려가 줄 사람은 나타나지 않았다.

예전에 코타로 일행이 포르트제에서 싸웠던 반달리온이라는 인물의 풀네임은 마즈웰 디오라 반달리온 경이다. 그리고 현재 지구에 있는 것은 그의 조카인 라르그윈 바스다 반달리온 경. 그가 이끄는 반달리온 일파 잔당은 반달리온의 복수와 그가 이루지 못한 것을 이루고자 활동하고 있다. 알기 쉽게 말하자면, 청기사 격퇴 및 포르트제의 정복이다.

"라르그윈 님, 큰 문제없이 추적을 뿌리친 것 같습니다."

"아무래도 퇴로만 적절하게 준비하면 추적을 뿌리칠 수 있을 정도의 스텔스 성능은 가진 것 같군. 분명, 영파 차폐 장치라고 했던가?"

그들이 지구에 있는 이유는 코타로 일행이 강한 비결을 알아내기 위해서다. 반달리온이 패배한 원인은 바로 그 부분을 소홀히 여긴 탓이라고 생각한 라르그윈은 지구에 눌러 앉아 조사를 계속했다. 같은 힘을 손에 넣는다면 청기사 타도도 꿈은 아니리라. 또한 포르트제를 정복하는 것도 쉬워질 것이다. 그래서 이날 역시 코타로 일행이 가진 힘의 수수께끼를 풀기 위해서 계략을 꾸미고 있었다.

"……이제 우리 얘기를 믿어주시겠습니까?"

라르그윈 일당은 킷쇼하루카제시 모처에 숨겨둔 군사 기지에 있었다. 그 기지는 포르트제 양식으로 만들어져 있어서 라르그윈 일당의 제복 디자인과 잘 어우러졌다. 그런데 그중에 단 한 명, 지구의 사업가가 흔히 입는 스타일의 정장을 입은 인물이 있었다. 장소에 어울리지 않는 옷차림이었지만, 그 인물이야말로 라르그윈 일당에게 영자력 기술을 제공한 인물이었다.

"그래, 충분히 증명됐으니까. 우리는 서로에게 이익을 제공할 수 있을 것 같군."

"이해가 빨라서 좋군요. 사실 기술 분석에 진전이 없는 건, 영력 등의 개념을 믿게 하는 게 쉬운 일이 아니라서 그렇거든요."

"……아무도 믿지 않는다면 연구 개발 같은 걸 진행할 리가 없지……. 우리처럼 아픈 꼴을 본다면 모를까."

키리하의 추측대로, 이 사업가처럼 생긴 사내가 라르그윈에게 제공한 기술은 수십 년 전에 대지의 백성 해체파에게서 입수한 것이었다. 돈이 궁했던 일부 불순분자가 기술 중 극히 일부를 그들에게 팔아치웠다.

그러나 너무나도 고도의 기술이라는 점에 더해, 기존 과학기술과 성질이 다른 탓에 분석과 연구는 거의 진행되지 않았다. 선레인저가 보유한 기술처럼 정부가 입수한 경우와는 다르게 은행이나 투자가들은 단순한 사기로 치부했다. 그래서 이 기술은 창고 깊이 처박힌 채 먼지를 뒤집어쓰고 있었다. ―라르그윈이 접촉을 시도한 그날까지는.

"그건 그렇고, 궁금한 게 있는데…… 어떻게 우리를 찾으셨습니까?"

"간단한 이야기야. 너희가 회수한 우주선 파편. 그 파편 중에 자율형 정찰기— 너희 식으로 말하자면 드론이 섞여 있었거든."

그것이 미회수 부품 20퍼센트의 비밀이었다. 실은 전투정을 자폭시켜서 잔해를 퍼뜨린 진짜 목적은 포르트제 기술을 얻기 위해서라면 위험한 다리를 선뜻 건널 인물을 찾아내는 것에 있었다. 그리고 부품 중에 드론을 섞어서 그러한 인물을 관찰하며 적절한 상대를 물색했다. 위험한 다리를 건너는 사람이 있다고 해서 대뜸 달려들 수는 없었다. 조심성이 부족하거나 자금력이 떨어지는 사람과 접촉한들 의미가 없으니까.

참고로 벨 테슬라 일렉트로닉스의 동향을 알아낸 것도 드론으로 정보를 수집한 덕분이다. 부주의한 자들이라서 처음에는 접촉할 생각이 없었지만, 영파 차폐 장치 실험을 계획하는 과정에서 코타로 일행을 유인하는 장기짝으로 쓰기 위해 연락했다. 그 이후는 키리하와 클란이 상상한 대로였다.

"덕분에 너희를 찾아낸 거지."

"그럼 처음부터 이 기술을 노린 건 아니로군요?"

"그건 순전히 운이야. 언젠가는 그런 정보를 가진 사람을 찾고 싶다고 막연히 생각하긴 했지만, 설마 여덟 명 째에 만나게 될 줄은 몰랐다니까. 뜬구름을 붙잡는 거나 다름없는 거니까, 일단 천천히 기반부터 다질 생각이었다고."

라르그윈은 코타로 일행이 가진 힘의 비밀을 푸는 건 장기전이 될 거라고 각오했다. 상대는 전설의 남자와 그를 수호하는 힘이었으니 그렇게 생각하는 게 당연하리라. 그리고 포르트제와 연결이 차단돼서 보급이 끊긴 것도 문제였다. 우선 과제는 어디까지나 물자 확보와 인맥 형성. 기술 쪽은 후순위로 미뤄도 무방. 그러나 우연과 운이 겹친 덕분에 이 시점에서 실마리를 얻었다. 시간을 몇 년쯤 단축한 셈이었다.

"……그 대답을 들으니 마음이 놓이는군요."

"응? 무슨 뜻이지?"

"당신이 우리를 평가한 것처럼 우리도 당신을 평가했습니다. 얘기를 들어보니 올바른 견식을 가지신 것 같군요. 우리에게 큰 이득을 안겨줄 거래 상대라고 판단했습니다."

"허투루 볼 수 없는 남자로군. 하지만…… 지당한 이야기야. 함께 위험한 다리를 건너야 하는 이상, 어느 한쪽이 짐이 되는 일이 있으면 안 되지. 너희에게도 우리를 평가할 권리가 있어."

라르그윈은 이 예상 밖의 상황이 자못 즐겁다는 듯 웃었다. 자신들을 평가했다는 말을 들었음에도 불쾌한 기색을 보이지 않았다. 자존심 같은 건 아무런 도움도 안 된다. 이기기 위해서 필요한 일을 냉철하게 실행한다. 그것이 라르그윈의 방식이었다.

"……무서운 분이로군요. 우리는 악마와 거래를 했는지도 모르겠습니다."

"하하핫. 안심하라고. 악마가 주는 이익 이상의 것을 약속하지. 너희가 우리의 기대에 부응하는 한은, 말이지……."

이렇게 라르그윈은 티아 일행이 모르는 사이에 지구 세력과의 인맥을 얻었다. 그리고 영자력 기술의 실마리도. 싸움은 깊은 곳에서 조용히 전개되고 있었다. 코타로 일행은 이러한 움직임을 저지해야만 한다. 코타로가 우려하던 대로 예전과는 싸움의 질이 달라지고 있었다. 깨달았을 때는 모든 것이 끝— 이 싸움은 그럴 가능성마저 갖고 있었다.

코로나 육전규정

특례 제2조
4월 5일에 실행한 평행세계의 관찰에 관한
기억은 원칙적으로 봉인 대상이 된다. 다만
특별한 기억의 일부를 『그런 꿈을 꾸었다』라
는 형식으로 남기는 것은 가능하다. 이 경우
『그런 꿈을 꾼』 날을 적절하게 분산할 필요가
있다. 특정한 날에 집중하면 의문을 남길 우
려가 있다.

특례 제2조 보충
근데 말이야. 그 세계의 추억 중에 하나 정
돈 남겨두고 싶지 않아? 말 잘했어, 시즈카.
난 대찬성! 추억 하나 정도, 라……. 왜 그러
시죠? 아니, 나도 그게 좋을 것 같다.

■작가 후기

　여러분 오랜만입니다. 작가 타케하야입니다. 이번에는 『단칸방의 침략자!?』 32권을 보내드렸습니다. 여러분께서 즐겁게 읽어주셨으면 합니다.

　(주의. 이후의 내용에는 이번 권과 다음 권 이후의 스포일러가 포함되어 있습니다.)

　올해는 이 『단칸방의 침략자!?』라는 작품이 10주년을 맞이했습니다. 그걸 기념하여 얼마 전 BOOK☆WALKER 주최 하에 『메인 히로인 선발 총선거』라는 제목으로 주요 여성 캐릭터의 인기투표를 실시했는데요. 이 투표에서 1위를 차지한 캐릭터는 다음 33권 특장판에 부속되는 드라마 CD에서 히로인으로 발탁됩니다. 따지고 보면 전부 히로인이 아닌가 싶긴 합니다만, 요점은 등장하는 빈도가 늘어나고 그 캐릭터에 얽힌 이야기가 전개되는 겁니다. 다만 알라이아 폐하와 사쿠라바 선배는 이미 31권에서 드라마 CD를 제작했으니 1위를 차지하더라도 다음 드라마 CD의 히로인이 되진 않습니다. 2위 이하가 올라오게 되죠.

그리고 이 투표 결과, 1위를 차지한 것은 놀랍게도 마키! 사전 예상을 깨고 초반부터 종반까지 1위 자리를 굳건히 지켜냈습니다. 그래서 다음 33권에서는 마키가 메인인 이야기를 전개하기로 결정되었습니다. 그러고 보니 저번 드라마 CD 때 마키의 성우 분께 이런 얘기를 한 적이 있는데요. 적이었다고 방심하면 1위를 차지해서 31권 드라마 CD의 알라이아&하루미처럼 구분해서 연기할 필요가 있는 쉽지 않은 녹음이 될 거다, 라고요. 실제로 그렇게 되어서 히죽히죽 웃고 있습니다. 마키 담당이신 키토 아카리 씨에게 큰 고생을 끼치겠지만, 이것도 기대하며 기다려주시는 독자 여러분을 위한 겁니다(라는 면죄부). 저도 기대가 되는군요.

2위는 마찬가지로 사전 예상 밖이었던 클란 전하. 담당 성우 타무라 유카리 씨 팬 여러분들이 힘을 썼나 싶었는데, 득표 비율을 보니 그렇지는 않은 것 같습니다. 마키가 1위를 차지한 것과 묶어서 보면, 우리는 애니메이션 범위 내에서는 동료가 되지 않았던 두 사람이 사이좋게 지내는 모습을 보고 싶다는 의사가 작용한 것이 아닐까 생각합니다. 그래서 드라마 CD에서도 클란 전하의 출연을 어느 정도 증량하기로 했습니다. 이와 병행해서 33권 중편은 클란 전하의 『사귀어 보았다(가칭)』 시리즈이므로 전하의 팬 여러분도 만족하실 수 있지 않을까 생각합니다.

3위는 역시 애니메이션 팬들의 지지가 강한 유리카. 애니화가 되면서 그녀의 허당스러운 모습이 빛을 발했기 때문에 애니화 이후로는 순조롭게 상위권을 유지하고 있습니다. 저는 사쿠라바 선배와 알라이아 폐하가 전당에 헌액된다면 이번에야말로 유리카가 1위가 되지 않을까 생각했습니다. 하지만 결과는 아쉽게도 3위. 그것 또한 유리카답구만, 하는 생각이 들었네요.

 4위는 이미 10권 시절부터 계속 강한 키리하. 지성파라서 애니화가 되어도 별로 혜택을 못 받는 타입 캐릭터인데, 최근 6~7년 정도는 계속 부동의 상위권입니다. 이 점을 보면 아무래도 원작을 중시하는 세력의 지지를 얻고 있는 것 같습니다. 뭐라고 하면 좋을까요. 은둔 고수? 어둠의 지배자? 특수 능력도 딱히 없는데 솔직히 신기하다는 생각이 듭니다. 빛나는 카부통가 카드를 준 덕분일까요?(웃음)

 5위는 루스 씨. 도중까지는 알라이아 폐하 밑에 있었습니다만, 막판에 쭉쭉 올라와서 5위에 안착했습니다. 그녀도 특수 능력 없이 컴퓨터와 정보를 무기로 싸우는 캐릭터입니다. 최근 스토리가 정보 담당에게 유리하기도 했고, 강하게 뿌리 내린 장수풍뎅이 문제가 영향을 미쳤을지도 모르겠네요. 물론 그녀의 강철 같은 충성심도 그렇겠고요.

 그리고 6위 이하로는 크게 차이 나지 않는 비등비등한 상태입니다. 사실 득표수만 보면 5위부터 최하위까지는 1.5배정도 차이밖에 안 납니다. 무섭게도 2배 차이가 안 나는 거죠. 이게 무엇을 의미하느냐. 캐릭터의 인기에는 큰 편차가 없었고, 독자 여러분의 변덕에 따라 어떤 캐릭터가 이겨도 이상하지 않은 상황이었다는 뜻입니다. 거기에 사쿠라바 선배와 알라이아 폐하가 전당에 헌액되고, 동료가 된 마키와 클란 전하의 목소리를 듣고 싶다는 보정이 걸린 결과가 이렇게 된 것이죠. 애초에 상위권에 투표했다고 해서 하위권을 싫어하는 것도 아닐 테고요. 그저 투표할 수 있는 게 한 표였을 뿐.

그런고로 앞으로도 변함없이 모든 캐릭터를 소중히 아끼겠습니다. 안 그러면 여러분께 혼날 것 같거든요. 그걸 잘 알게 된 투표 결과였습니다.

그리고 지난 6월 2일에 하비 재팬의 50주년 기념 이벤트 『하비 재팬 반세기 축제』라는 것이 열렸는데, 거기에서 제 사인회를 했습니다. 꽤 갑작스럽게 공지했다고 생각했는데, 감사하게도 48명이나 되는 독자 여러분이 와 주셨습니다. 회장에 와 주신 여러분께 다시 한번 감사 인사를 드립니다. 독자 여러분의 목소리를 직접 듣는 것만큼 고마운 일도 흔치 않죠.

아참, 그 사인회 때 독자 여러분께 다시 한번 좋아하는 캐릭터를 여쭤봤는데요. 그러자 상위는 유리카와 키리하였습니다. 역시 투표 쪽은 클란과 마키의 다음 이야기를 듣고 싶다는 마음이 작용했나 보네요.

또한 제가 사인을 할 책은 회장에 오신 분이 단칸방의 좋아하는 권을 가져오는 방식이었습니다. 그중에서 몇 권이 많은지도 세어봤는데요. 역시 제일 많았던 건 31권. 비슷하게 많았던 게 1권. 이것은 여러분도 그럴 만하다고 납득하실 수 있지 않을까 싶습니다. 그 밖에도 29권이나 26권 등, 클라이맥스에 해당하는 권이 눈에 띄었습니다. 그 외에는 최애 히로인이 활약하는 권. 예를 들면 키리하는 10권, 16권. 루스라면 9권 등이겠네요. 그리고 외전도 인기가 좋았습니다. 대체로 1권과 31권을 제외하고는 전체적으로 흩어져 있던 인상이었습니다. 투표 결과와 비슷한 느낌이네요.

여기까지는 좋은 이야기가 계속됐지만, 여러분께 안타까운 소식을 하나 전해드려야 할 것 같습니다. 다름이 아니라 지금까지 HJ문고 공식 사이트 내 『읽을 수 있다! HJ 문고』 (http://yomeru-hj.net/)에서 정기적으로 게재해 온 『단칸방의 침략자!? 헤라클레스!』를, 6월 업로드분을 끝으로 일단 종료하게 됐습니다. 여기에는 크게 두 가지 이유가 있습니다.

첫 번째는 페이스 배분을 제대로 못한 것입니다. 사실 지금까지 『헤라클레스!』는 무료 서비스로 집필하고 있었습니다. 하지만 애니메이션을 전후해서 시작했고 어느 정도는 서적화 할 수 있는 전망이 있어서 문제는 없었습니다— 지금까지는요. 그런데 시간이 지남에 따라 서적화하지 않은 분량이 서서히 쌓이기 시작했고, 현시점에서는 15화 분량이 쌓이고 말았습니다. 이 15화 분량을 이제까지와 같은 페이스로 서적화한다면 50권 언저리까지 걸리게 됩니다. 그러나 설령 서적화한다고 해도 50권은 6~7년 후가 되겠죠. 지금 일하고 6~7년 후에 봉급을 받는 게 문제라는 건 이해해주시리라 생각합니다. 요컨대 신경 쓰지 않고 쓰다 보니 일의 한계를 넘어버렸다고 볼 수 있겠네요.

두 번째 문제는 작업량입니다. 『헤라클레스!』는 격월로 연 6회 갱신하고 있었습니다. 이것은 1년치가 딱 라이트노벨 한 권 분량이 되는 작업량이죠. 즉 1년에 본편 세 권+『헤라클레스!』로 또 한 권, 네 권 분량의 작업을 해온 셈입니다. 그렇다면 『헤라클레스!』를 쓸 힘으로 솔직히 책을 한 권 더 내는 게 좋지 않을까, 하는 당연한 것을 저와 편집부는 깨달았습니다. 그러면 첫 번째 문제도 해결이 되고, 독자 여러분께도 기존과 같은 제공 페이스를 지킬 수 있으니까요. 그 한 권을 무엇으로 대체할지는 현재 검토 중입니다. 그냥 단칸방 신간을 내는 것도 상관없고, 아니면 신작을 쓰는 것도 좋을지도 모릅니다. 이 부분은 편집부와 함께 머리를 맞대고 고민하고 있습니다.

다만 하비 재팬 쪽에서 소설 연재 사이트를 시작할 낌새를 보이는 듯하니 어쩌면 타이밍을 보고 『헤라클레스!』도 돌아올지도 모릅니다. 그러나 어쨌든 지금까지와 같은 무계획적 페이스로는 또 같은 일의 반복하게 될 테니 제공 방법은 신중하게 결정하려고 합니다. 아무튼, 일단은 쌓여있는 15화 분량부터 줄여야죠. 여러분도 조심하세요. 무계획은 위험합니다.

공지가 대충 끝났으니 여기서 잠깐 이번 권의 내용에 대해 얘기할까 합니다. 이 32권에서는 30권의 마지막에서 자폭한 반달리온 일파의 전투정, 그 부품의 행방이 문제가 됩니다. 회수하지 못한 20퍼센트 분량의 부품을 누군가가 분석해서 기술이 유출되면 큰일이 납니다. 그걸 어떻게 막을 것인가. 그게 이번 볼거리입니다.

또 다른 볼거리는 물리적인 덜렁이 자리를 나르파에게 양보한 유리카일까요. 유리카는 그 대신 사회적 덜렁이 자리를 확보하며 새로운 무대에 섰습니다. 그녀의 운명은 과연? 또, 다음 본편에서는 유리카도 평범하게 활약할 것 같으니, 그런 의미에서도 여기가 현시점 최대의 볼거리일지도 모릅니다.

이번 권을 읽으신 분은 이제 아시겠지만, 다음 이야기는 지저편입니다. 이번 권은 그 땅고르기를 하기 위한 이야기이도 했습니다. 이번 권에서 무사히(?) 반달리온 일파 잔당이 지저에 대한 단서를 얻었습니다. 이로써 지저 이야기에 들어갈 수가 있죠. 그리고 지저이니까 키리하가 활약하는 이야기가 될 겁니다. 앗, 엄밀히 말하자면 이야기의 무대가 지저가 될지 어떨지는 아직 모릅니다. 다음 이야기에서 지저 기술에 관련된 공방전을 펼친다는 뜻이고, 지상에서 싸울지 지저에서 싸울지는 연출 사정에 따라 결정됩니다. 아마 지저일 거라고 생각은 하는데, 아니더라도 용서해 주세요(웃음).

다만 다음 33권은 10주년 기념 마키 드라마 CD와 클란의 『사귀어 보았다(가칭)』 시리즈인 중편 구성이니까, 지저편은 34권에서 다루게 될 것 같네요. 조금 늦어지겠지만, 10년에 한 번 있는 축제이니까 너그럽게 봐주시면 감사하겠습니다.

이번에는 역시 전해야 할 내용이 산더미라서 후기가 꽤나 길어졌군요. 슬슬 마쳐볼까 합니다.

이번 권을 집필하며 신세를 진 편집부 여러분. 최근 들어 새로운 요소가 한가득 늘어나서 고생하고 계신 일러스트 담당 뽀코 씨. 그리고 10년째 변함없이 지지해 주시는 독자 여러분께 깊은 감사 인사를 올립니다. 앞으로도 지금까지 해온 것처럼 최선을 다해 노력하겠습니다.

그러면 33권 후기에서 다시 뵙겠습니다.

2019년 6월
타케하야

단칸방의 침략자!? 32

초판 1쇄 발행 2023년 5월 10일

지은이_ Takehaya
일러스트_ Poco
옮긴이_ 원성민

발행인_ 신현호
편집장_ 김승신
편집진행_ 권세라 · 최혁수 · 김경민 · 최정민
편집디자인_ 양우연
관리 · 영업_ 김민원

펴낸곳_ (주)디앤씨미디어
등록_ 2002년 4월 25일 제20-260호
주소_ 서울시 구로구 디지털로 26길 111 JnK디지털타워 503호
전화_ 02-333-2513(대표)
팩시밀리_ 02-333-2514
이메일_ lnovellove@naver.com
L노벨 공식 카페_ http://cafe.naver.com/lnovel11

rokujyouma no shinryakusya!? 32
ⓒ Takehaya
illustration Poco
Original published in Japan in by HOBBY JAPAN Co., Ltd.

ISBN 979-11-278-6854-3 04830
ISBN 979-11-278-4220-8 (세트)

값 8,500원